Je rouille

Robin
Watine

Je rouille

roman

CALMANN
LEVY

Ouvrage publié sous la direction de Marie Bemberg.

CALMANN LÉVY
ÉDITEUR DEPUIS 1836

COUVERTURE
Maquette : olo éditions
Photographie : Jours heureux, 2022 @ Sarah Witt

ISBN 978-2-7021-9435-5

Le soleil, il tape moins fort. J'ai plus besoin de plisser les yeux comme un con pour regarder Léna. Ça fait ressortir mon bronzage, et avec le sel et le vent, je sais pas, ça fait un bon mélange et mes cheveux, ils sont comme je les aime. Et si je les aime comme ça, c'est surtout que Léna m'avait dit une fois que ça me rendait plus beau et que ça me donnait un air plus farouche. Je savais pas trop ce que ça voulait dire, mais j'avais déjà entendu ce mot et je crois que je comprenais un peu le sens au fond. De toute façon je m'en foutais, l'important c'est que ça me rendait plus beau. Et y a qu'à voir comment elle me regardait en disant ça.

Léna, son regard il ment jamais, et quand elle me trouve beau elle le dit soit avec la bouche, soit avec les yeux. Moi, je dis jamais des trucs comme ça, et encore moins quand je les pense. Mais ça Léna, elle s'en fout. Elle a pas besoin que je lui dise pour le savoir, qu'elle est belle.

Ça fait plusieurs fois qu'on se pose dans cette crique. Suffit de marcher vingt minutes sur le sentier du littoral depuis le bout de la plage pour être tranquilles.

J'ai oublié de prendre une serviette, comme d'habitude, alors on est tous les deux sur la sienne, reliés par le fil de ses écouteurs et y a le même morceau de quatre minutes cinquante et une qui passe en boucle depuis tout à l'heure. J'aimerais bien changer, mais l'iPod est posé sur son ventre et j'ai pas envie de la réveiller. Je préfère profiter qu'elle dorme pour regarder encore un peu son visage tourné vers le ciel, bien droite face au soleil, comme si elle l'avait pas assez pris des vacances. Comme si bronzer, c'était une activité très sérieuse, et qu'une perte de concentration le dernier jour pourrait gâcher tout le travail accompli jusqu'ici. Comme si elle voulait emporter le plus possible de soleil avec elle à Paris. C'est mignon, mais ça m'énerve, parce que je sais très bien que tout ce qu'elle veut, c'est rester jolie le plus longtemps possible, surtout jusqu'à la rentrée, pour retrouver son copain et qu'il la trouve plus belle que toutes les filles qu'il a vues pendant les vacances et que si jamais il croyait qu'il l'avait oubliée, qu'il change d'avis tout de suite en la voyant. Le monoï lui fait la peau presque orange et j'aime bien ça. Elle est plus belle que quand elle est arrivée il y a trois semaines. Elle était toute blanche et je me rappelle même que je m'étais dit qu'elle était moins belle que l'été dernier, et j'ai eu peur qu'elle me plaise moins qu'avant ou même plus du tout. Mais j'ai vite compris qu'en fait non. Et surtout quand on a commencé à se parler, elle était beaucoup plus à l'aise que moi, et ses yeux bleus me faisaient presque peur, tellement ils allaient profond à l'intérieur de moi.

Ils sont rares les moments comme maintenant où je la regarde vraiment, juste pour savourer. La plupart du temps je suis plutôt occupé à essayer de savoir de quoi j'ai l'air dans ses yeux, à regarder au loin en faisant semblant d'être dans mes pensées alors qu'elles sont tournées vers elle, à me demander si elle, elle est tournée vers moi. Et sa beauté, j'en suis surtout conscient quand je vois comment les autres la regardent et puis si elle était moche, mes potes auraient pas hésité à se foutre de ma gueule la première fois que je l'ai embrassée. Comme quoi tout ça n'a rien à voir avec comment je la trouve jolie, mais plutôt comment ça me rend fier qu'elle le soit.

On vient de fumer un joint et ça commence à me faire tourner la tête et surtout le contact avec son corps, je le ressens plus que d'habitude. Encore plus que quand on baise et qu'au final je ressens pas grand-chose parce que je pense trop à ce que je suis en train de faire, comment je suis en train de le faire, et à ce que je pourrais faire pour lui procurer plus de plaisir. Alors que là, y a juste mon tibia le long de sa jambe mais j'ai l'impression que le contact se diffuse sur toute la surface de mon corps, qu'il fait le tour de moi comme si elles étaient trois Léna à me recouvrir entièrement. J'aimerais bien, moi, qu'on reste collés l'un à l'autre, et que le soleil se fixe à cette hauteur encore quelques heures. Mais faut pas rêver. Tout ce qui va se passer, c'est que la nuit va tomber, et qu'elle va passer super vite, comme toutes celles du mois d'août. Et demain Léna rentre à Paris.

— Tu peux changer si tu veux.

Elle parle sans ouvrir les yeux, et ça me surprend. Peut-être qu'elle sait que je la regarde depuis tout à l'heure. Ou alors elle m'a juste senti bouger.

Je prends son iPod mais je sais pas quoi mettre.

— Je mets quoi ?

— C'que tu veux…

Avec Léna, c'est compliqué pour moi de savoir ce que je veux. La seule chose que je suis sûr de vouloir vraiment, c'est d'être à son goût. Et pour ça j'ai pas des milliards de trucs auxquels me fier. Juste quelques phrases que je l'ai entendue dire, enregistrées dans ma tête, du genre qu'elle aime bien les mecs mystérieux, ou encore que c'est énervant les gens qui font des ronds quand ils recrachent la fumée de leur clope ou de leur joint. Du coup je fais bien attention à pas faire de rond quand elle est là alors qu'avec mes potes j'arrête pas d'en faire, et pour ce qui est d'être mystérieux, ça fait aussi partie des choses que je suis pas bien sûr de comprendre, mais dans le doute je me contente de pas trop en dire sur moi. Et ça au moins c'est pas compliqué.

Ça reste quand même un peu bancal tout ça, surtout que Léna arrête pas de se contredire, genre en parlant de la même chose un coup elle aime et un coup elle trouve ça nul, et si jamais je lui fais remarquer *y a que les cons qui changent pas d'avis* ça a l'air de suffire comme argument.

En fait je peux pas m'enlever cette image dans le fond de ma tête, du mec idéal dans les yeux d'une fille. Pourtant je m'y suis jamais retrouvé, dans ses yeux. En plus j'ai l'impression qu'une fille, plus on la contredit, plus on se met à lui plaire. Pas que je l'aie déjà expérimenté, mais j'en ai vu plein d'autres le faire, comme Rémi en soirée, qui finit toujours par embrasser celle avec qui il a commencé par être con, qui a pas arrêté de lui reprocher d'être méchant et prétentieux, comme quoi il devrait prendre exemple sur moi, plus gentil et respectueux. Mais à la fin, c'est à lui qu'elle roule des pelles entre deux buissons.

— Bon, tu mets un truc ?

Léna a toujours les yeux fermés, mais à sa voix elle a l'air beaucoup plus éveillée.

Moi je croyais qu'elle s'était rendormie, et ça m'aurait arrangé de continuer à pas choisir. Mais là, il va falloir faire un choix, alors je prends l'iPod et je commence à tourner la roue pour faire défiler les noms. Y a quelques artistes que je connais, mais surtout des artistes que je connais pas. Ceux-là, j'essaye toujours d'en retenir un maximum pour les télécharger ensuite chez moi et les écouter en me disant que la prochaine fois que je verrai Léna, j'aurai un peu plus de culture musicale, que ça me rendra peut-être un peu plus cool. Mais la plupart du temps, j'oublie complètement les noms et au final quand je suis chez moi j'écoute que les Arctic et les Strokes. Normalement j'ai peu de chance de me planter, vu que c'est le sien d'iPod. Logiquement on télécharge pas des musiques qu'on n'aime pas. Mais je sais que c'est pas seulement une question qu'elle aime le morceau en lui-même ou non, mais surtout de choisir un morceau adapté au moment qu'on est en train de vivre. Comme l'autre jour, chez Léna. Elle m'avait proposé de rester avec elle et ses copines parce que ses parents étaient partis prendre l'apéro chez des amis. J'étais posé sur le canapé à côté de Garance qui se mettait du vernis sur les orteils. Léna venait de sortir de la douche et se maquillait pour la soirée. Vu qu'elle avait fini de se préparer avant les autres, Camille a allumé l'enceinte Bose de Léna. Dès que l'instru de *Wati by Night* a commencé, on a entendu un cri venant de la salle de bains, Léna a débarqué dans le salon, seins nus, en sautillant vers Camille. Une culotte, c'est tout ce qu'elle portait. Garance a remis son pinceau dans le pot de vernis, elle s'est levée, et elles se sont mises toutes les trois à se déhancher et à chanter en chœur.

Le soir s'approche, ça s'tape des barres

Ça fume des sbars comme si c'était légal

Les gars veulent serrer des meufs, les meufs serrer des gars

Et çaaaa toute la night…

Juliette, que je connaissais depuis à peine une heure parce qu'elle venait d'arriver de Paris et que c'est la seule des quatre qui était pas là l'été dernier, est arrivée de la chambre. Elle aussi en culotte, mais avec un soutif quand même, et niveau physique on peut dire qu'elle rivalise avec Léna, et que je la trouverais peut-être même encore plus belle si je mettais de côté le fait que chez Léna il y a quelque chose en plus, et que ce quelque chose se situe pas seulement dans son corps en lui-même, mais plutôt dans la manière qu'elle a de le bouger, et comment sa présence, je sais pas comment dire mais on la sent plus que celle des autres.

Elles criaient les paroles, on aurait dit que chacune voulait que sa voix soit plus forte que celles des autres.

Les soirées d'samedi soir, quelques fois ça m'déçoit

Pour quelques billets d'cent, ça part en giclées d'sang…

Elles dansaient toutes les quatre comme si j'étais pas là, comme si elles m'avaient oublié autant que moi j'étais en train de m'oublier, comme un chien devant son maître, avec l'air un peu con qu'ils ont, bouche ouverte, langue pendue, et leur amour inconditionnel. Léna m'a pris par la main pour me sortir du canapé et me faire danser. Je crois que c'était mon meilleur moment de l'été, et même peut-être de tous les étés. Et vu que l'été, c'est le meilleur moment de l'année, bah c'était peut-être un des plus beaux moments de ma vie. Moi, tout seul avec ces quatre filles. Les seins nus de Léna contre moi, l'odeur de shampoing de ses cheveux mouillés et le rouge encore frais de ses lèvres.

Rien qu'en y repensant, ça recommence un peu à me faire bander, mais c'est pas le moment, il faut que je choisisse un morceau, et là tout de suite je suis à peu près sûr que *Wati by Night* c'est pas le bon. Faudrait quelque chose de plus posé, pas qui nous réveille d'un coup, un truc avec des paroles en anglais ou même pas de paroles du tout, qui laisse la place de réfléchir et ressentir des choses dans la tête et dans le corps, qu'on se sente plus vivants que jamais. Un truc qui la surprenne presque, qui prouve que j'ai un minimum de personnalité. Et au moment où je me dis ça, je me dis aussi que d'essayer d'avoir de la personnalité, c'est une preuve de plus que j'en ai aucune… Ou alors elle est bien cachée dans un coin sombre au fond de moi, d'où elle oserait pas sortir de peur de se faire bouffer.

J'ai parcouru la liste au moins quatre fois et le nom des artistes c'est plus que des suites de lettres qui défilent sur un écran. Je me reconcentre et finis par tomber sur Ratatat. Je me souviens que j'avais retenu le nom parce que c'était cool et surtout ça m'avait fait penser au Pokémon. J'hésite un peu, puis je me dis que c'est la meilleure option que j'aie.

Léna a pas l'air de réagir, ça doit vouloir dire que ça lui plaît. Pourquoi chaque fois que je dois dire ou faire quoi que ce soit, je passe toujours par quatre chemins, et encore plus que ça ? La vérité c'est que la plupart du temps j'ai même pas le temps de trouver ça bizarre de penser autant, tellement je suis occupé à tout faire pour que ça se voie pas.

Léna ouvre les yeux et me prend l'iPod des mains en soupirant. Elle fait tourner la roue et je crois comprendre qu'elle veut changer de son.

— T'aimes pas Ratata ? je lui demande.

— Ça m'a soûlé, so 2005. Je sais même pas ce que ça fout encore dans mon iPod… Et c'est RatataT, pas Ratata, elle dit en me regardant comme si elle se demandait ce que je fous là, et y a ses sourcils qui montent comme si elle se demandait ce que, elle, elle fout là, avec un con pareil. Et je peux pas lui en vouloir parce qu'à ce moment-là c'est exactement ce que je pense de moi-même. Et encore, si elle savait tous les neurones que j'ai dû cramer pour arriver à ce choix, y aurait des chances qu'elle me prenne pour un psychopathe, ou juste un débile profond.

Elle lâche pas son air hautain, et son sourire vers le lointain, c'est comme une conversation qu'elle aurait avec elle-même, beaucoup plus drôle et passionnante que celle qu'elle pourrait avoir avec moi, qui consisterait à se foutre de ma gueule, dans mon dos mais pas complètement, juste assez pour que je puisse pas en être sûr et certain. Mais même si elle regarde ailleurs, je sens que c'est sur moi qu'il est, son jugement et que m'ignorer ça lui sert surtout à faire comme si j'existais pas. Ça me dirait bien moi, là, de pas exister, au lieu de me sentir comme une méduse échouée par l'écume, en train de sécher au soleil sans espoir de retrouver son milieu naturel puisque déjà qu'elle a du mal à être libre de ses mouvements dans l'eau alors là elle risque pas de trouver une solution pour se déplacer sur le sable. Reste plus qu'à espérer pas croiser le chemin d'un petit garçon à qui ça donnerait l'idée de la planter avec un bâton pour faire peur à sa sœur en la lui balançant dessus, et sa sœur qui partirait en pleurant comme si, dans l'état où elle est, la méduse était encore capable de lui faire le moindre mal.

Ça me prend d'un coup, l'envie de lui foutre la gueule dans le sable, à Léna, et de lui en faire bouffer, parce que là, tout de suite, j'ai pas d'autre idée pour qu'elle se sente aussi faible que moi. Je suis complètement taré de penser à ça et pour m'apaiser, je pose mon regard sur ses seins. Eux au moins ils me regardent pas de haut et changent pas d'air quoi que je dise comme bêtise. Et j'ai de la chance, Léna, c'est la seule de ses copines à faire du topless. Elle en profite, ici elle risque pas de croiser son père. Une fois, elle était énervée parce qu'il l'avait obligée à remettre son haut de maillot, et elle m'avait dit « ça le dérange pas, lui, d'exhiber son gros bide à bière sur son transat toute la journée », et depuis, son père, chaque fois que je le croise, je rigole bien à l'intérieur parce que c'est vrai que son ventre, on dirait un gros sein tout seul.

Elle sait pas dans quel état elle me met en me prenant de haut comme ça. Je me démerde bien pour que ça se voie pas sur ma gueule ce qu'il y a à l'intérieur. Et heureusement, si les gens savaient, ils verraient trop comme je suis chelou, ça leur ferait peur et je me retrouverais tout seul ou avec les paumés du lycée, ceux qui parlent tout seuls ou à leurs cahiers ou à leur trousse et qui sont toujours devant la classe trente minutes avant l'heure du cours après la cantine, parce que c'est l'unique endroit où ils sont sûrs que les autres sont pas. Et des fois je me dis que c'était peut-être ça ma place depuis le début, que j'ai juste pas voulu l'accepter, pas voulu me voir comme eux, parce que c'est pas à eux que les filles s'intéressent et que même si elles s'y intéressaient elles l'assumeraient pas, parce que si tout le monde se fout de leur gueule c'est sûrement qu'il y a quelque chose de bizarre à les aimer. Et avoir l'air bizarre, y a pas que moi qui essaye de l'éviter, y a tout le monde, à part les paumés, et je crois que c'est pour ça au fond, qu'ils m'intriguent autant, à cause d'à quel point ils en ont rien à foutre de ce qu'on peut penser d'eux. Et c'est peut-être qu'ils ont tellement de personnalité, que malgré tous leurs efforts ils sont incapables de la cacher comme je fais avec la mienne.

J'ai le cerveau en surchauffe et presque l'impression de m'hypnotiser moi-même avec mes pensées à l'infini, et le sol pourrait s'effondrer autour de moi que je m'en rendrais pas compte.

— Écoute, dit Léna en bougeant lentement la tête, les yeux fermés, sur le rythme du morceau qu'elle vient de mettre.

Elle a lâché son air hautain, et je peux pas m'empêcher de me demander si c'est pas moi qui en fait des caisses là-dessus, comme si mon cerveau, à force de vouloir me confirmer que j'ai raison de me trouver si nul, était capable de modifier les traits du visage de Léna, ou juste d'effacer les petits détails qui font la différence entre le premier et le second degrés.

— C'est un pote du grand frère de Simon qui fait ça.

Simon, c'est son mec à Paris. Elle le trompe avec moi, mais elle dit qu'elle s'en fout, qu'il fait sûrement la même chose, que c'est même sûr, faut pas la prendre pour une conne.

— C'est un génie, ce mec. En plus, il est grave beau.

Moi j'entends juste un truc planant sans mélodie qui m'ennuie un peu. Je bouge la tête sur le rythme comme j'avais vu mon grand cousin Jérôme le faire à Noël quand il me faisait écouter des morceaux qu'il avait composés qui me touchaient pas du tout.

J'ai un peu honte de pas être capable de juger une musique autrement qu'à travers ce que les autres en disent. Lire tout à travers les yeux des autres, comme s'ils savaient tout mieux que moi. Faire semblant de savoir autant qu'eux. Comme si j'étais un humain de moins bonne qualité et que mes cinq sens, et tout ce qui me permet d'avoir des goûts, étaient pas fiables. Comme si je pouvais pas simplement sentir, écouter, regarder les choses, et faire confiance à mon cœur pour en juger. Est-ce qu'il faut être entraîné pour prendre goût aux belles choses ? J'ai pas de réponse, et toute façon j'ai réponse à rien. Mes pensées et tout ce qui me passe par la tête, c'est qu'une succession de questions, et le soleil, j'ai l'impression qu'à part me blondir les cheveux, il me crame aussi pas mal la cervelle.

Léna se tourne vers moi. Elle a bien vu que j'étais en train de fixer le pli de son maillot entre ses jambes, mais ça a pas l'air de lui poser problème puisqu'elle me sourit même avec son air malicieux.

— Tu veux que je te dise un secret ? elle me demande.

Ça a pas dû arriver souvent dans l'histoire de l'humanité, je me dis, que quelqu'un réponde non à cette question, et j'ai presque envie de le faire vu comment je sens que c'est surtout elle qui a envie de me le dire, son secret.

— J'ai couché avec lui.

Je la regarde bizarrement, parce qu'à ce stade je sais même pas de qui elle parle. Et elle s'en rend bien compte.

— Le mec qui a composé le son…

— Le pote du frère de ton mec ? je demande pour être sûr d'avoir bien compris.

Alors elle se met à rire fièrement, et s'empresse de me raconter.

— Un jour, j'étais chez Simon et y a son frère qui est arrivé avec son pote. Et moi j'avais déjà écouté ce qu'il faisait et je kiffais de ouf, mais j'ai pas capté tout de suite que c'était lui. On leur a dit bonjour et là le frère de Simon, il a dit à son pote « je te présente Léna, ta plus grande fan ». Et alors j'ai fait le rapprochement et je suis devenue toute rouge d'un coup, surtout quand il s'est approché pour me faire la bise. Il m'a dit « ah ouais, t'as kiffé l'EP ? » et là je sais pas pourquoi, j'ai commencé à bégayer, d'habitude je suis pas timide avec les mecs, même quand je les trouve beaux ou quoi, mais là je sais pas… Et je voulais pas que ça se voie trop devant Simon comment j'étais en crush. Simon et son frère, eux, ils étaient morts de rire et sur le coup Simon ça avait pas l'air de le faire chier, c'est après plutôt qu'il m'a dit que ça se voyait de trop que je l'avais kiffé, le pote de son frère, mais j'ai nié en bloc et on n'en a plus parlé, bref… Trois jours après, je suis avec Simon dans sa chambre, je révise le bac blanc de français, et comme quand je révise je passe les trois quarts de mon temps sur Facebook, je vois une nouvelle demande d'ami : Jérôme Landry…

En voyant la tête que je tire, Léna pourrait facilement remarquer qu'il y a un problème. Mais elle est tellement captivée par sa propre histoire qu'elle se rend compte de rien. Et moi j'ai qu'une seule image en tête : la bite de mon cousin Jérôme. Elle était énorme la dernière fois que je l'ai vue, de mon point de vue d'enfant. Jérôme, c'était déjà un adolescent bien formé et il arrêtait pas de la sortir fièrement. Et si ça se trouve elle est pas si grosse que ça en fait, pas plus grosse que la mienne, je me dis. Si ça se trouve on a même hérité des mêmes gènes à ce niveau-là, et à quelques mois d'intervalle, Léna a connu deux bites jumelles. Ça me fait marrer mais ça me dégoûte un peu, et je pense pas que je vais lui dire à Léna, que Jérôme, c'est mon cousin. Je crois que j'ai trop peur que ça la dégoûte elle aussi et que ça lui coupe l'envie de coucher avec moi une dernière fois avant qu'elle parte.

— T'es jaloux ou quoi ? elle me dit en souriant.

Et je vois dans son sourire comme si elle avait vu quelque chose sur mon visage qui m'a échappé à force de trop penser à autre chose.

— Ouais, trop jaloux… je réponds en faisant de mon mieux pour surtout ne laisser aucun doute sur le fait que c'est de l'ironie.

— Même pas un tout petit peu, genre ?

— Pourquoi je serais jaloux ?

— Bah, parce que tu me voudrais rien que pour toi.

Elle le dit sans hésiter, comme si y avait pas de doute là-dessus. En me laissant trop aller je répondrais « comment tu sais ? », mais ça serait une preuve de plus qu'elle a le dessus sur moi, et que je peux pas m'empêcher de prendre tout au sérieux.

— Dans tes rêves, je dis.

Mais elle regarde déjà ailleurs en bougeant la tête sur la musique, comme si peu importait ma réponse, elle est sûre de ce qu'elle dit.

— Moi j'aimerais bien savoir que t'es un peu jaloux, elle ajoute sans me regarder et moi je regarde ailleurs pour sortir de ce jeu que je comprends pas bien, que j'ai l'impression d'être à deux doigts de perdre.

Après une dizaine de secondes, je peux pas m'empêcher de jeter un œil vers elle, c'est là que je réalise qu'elle est morte de rire.

— Qu'est-ce qui y a ? je demande.

— Tu pues la jalousie !

Alors je ris aussi. C'est pas du tout sincère, mais ça me laisse le temps de réfléchir à quoi répondre à ça, à comment réagir pour pas avoir l'air aussi perdu que je le suis.

Je me lève sans prévenir.

— Eh ! Tu vas où comme ça ?

— Je vais me nettoyer vu que je pue la jalousie, je réponds sans me retourner, et je l'entends qui rigole derrière moi pendant que je marche vers la mer, fier d'avoir réussi à la faire rire volontairement avec une blague, puis un peu moins fier en me disant que c'est peut-être la première fois que ça m'arrive.

— Tu m'abandonnes ?! je l'entends crier juste avant que je plonge.

Quelques mouvements de crawl histoire de mettre mon corps en mouvement, et je reste là, l'eau jusqu'à la poitrine, tourné vers l'horizon en pensant à Léna qui me regarde sûrement de la plage, incapable de me faire une idée, même une idée fausse, de ce qu'elle peut penser de moi. C'est mon truc, trouver un prétexte pour m'éloigner, faire le mec distant, quand j'arrive plus à me débrouiller pour que ça se voie pas sur mon visage ce qui se passe dans ma tête. Rendre tout ça moins réel en le gardant à l'intérieur, là où personne peut s'en servir contre moi, le ravaler, pourquoi pas le laisser descendre dans mon bide et se dissoudre, comme si c'était possible.

À force de regarder l'horizon pour ignorer Léna, je l'ai pas vue arriver. Elle m'enlace par-derrière et ça me fait bander tellement dur que ça me fait mal.

— J'ai envie de toi, elle lance.

C'est jamais moi qui le dis que j'ai envie d'elle. J'aurais trop peur de me prendre un vent ou de passer pour un obsédé. Pour montrer que j'ai envie, j'ai besoin d'être sûr qu'elle aussi. Et ça pour que j'en doute pas il faut qu'elle le dise, parce que les signes qui trompent pas, comme on dit, la plupart du temps je les vois pas, ou alors je suis pas sûr à cent pour cent de les avoir vus et je me dis que si ça se trouve c'est juste moi qui vois des signes partout et qu'on peut pas toujours se fier aux signes. Moi c'est de mots que j'ai besoin, une phrase bien claire comme elle vient de faire, pour être sûr que c'est le moment pour moi aussi d'être excité. Comme si y avait un temps pour bander et un temps pour être insensible. En même temps, vu que je dis jamais non, Léna, elle doit s'en rendre compte que j'ai toujours envie. Et cette idée, ça me plaît pas trop non plus. Ça fait le gars qui est là à attendre son tour.

J'ai toujours du mal à croire que c'est vraiment moi qui lui fais envie à Léna. Je dis pas qu'elle fait semblant, mais je crois pas que ce soit à cause de moi, plutôt comme si j'avais juste la chance d'être au bon endroit au bon moment. Comme le soir où on s'est rencontrés l'été dernier. C'était son premier jour de vacances et d'après ce qu'elle m'a dit, elle s'était mis en tête de choper le premier garçon qui lui plaisait un minimum. C'était pas très flatteur pour moi, mais bon, c'est pas comme si j'avais pas attendu ça depuis mes douze ans, quand on passait des heures à se branler côte à côte avec Théo, pour voir qui éjaculerait le premier.

— Ça te dit qu'on le fasse sur la plage ? Léna m'avait demandé.

La plage, le parking, le trottoir, où elle voulait tant qu'on le faisait. Même si en réalité, déjà que je savais pas trop comment m'y prendre, dans le sable ça allait pas arranger les choses.

— Je l'ai jamais fait sur la plage, elle avait ajouté. Ça nous fera une première fois à tous les deux.

Elle était tout excitée, et ça m'étonnait pas trop, ça doit être cool de dépuceler quelqu'un, je me disais. Encore plus quelqu'un que tu connais à peine. D'une seconde à l'autre, tu occupes une place énorme dans la vie de la personne. Genre dans cinquante ans, où que je sois, Léna sait que ça m'arrivera de penser à elle. Mais je me trompe peut-être. Peut-être qu'on finit par oublier ces choses-là, ou en tout cas à plus y penser tant que ça... En tout cas aujourd'hui, il se passe pas un jour sans que je pense à cette première fois qui a duré dix secondes à tout casser. Déjà qu'entrer en elle ça avait été toute une histoire, une fois dedans, avec le stress, la peur de mal faire, tout ça, ma bite s'est recroquevillée sur elle-même comme si elle avait peur du noir. Un peu le sentiment d'être encore à moitié puceau. Ce qui me faisait chier surtout, c'est que j'avais vraiment procuré aucun plaisir à Léna. Mais bon tant pis, j'avais peut-être rien décidé, ni du quand ni du comment, j'étais plutôt satisfait du avec qui, et puis je l'avais tellement attendu ce moment, j'allais pas faire des caprices.

Le lendemain, au Bar de la Plage, Léna m'avait dit qu'elle voulait qu'on réessaye, parce que « hier c'était vraiment à chier », elle avait dit en se marrant, et j'aurais pu mal le prendre, mais bon, si elle voulait qu'on recommence, c'est que c'était pas bien grave. Je m'étais fait un monde du truc depuis des années, mais je me rendais compte que même dans le sexe, on a droit à l'erreur. Alors le lendemain, c'était un peu mieux, et en éjaculant à l'intérieur de Léna, c'était comme perdre la deuxième moitié de ma virginité. Mais elle avait pas eu d'orgasme pour autant, et moi à ce moment-là, je savais même pas ce que c'était. Léna, elle savait très bien, maintenant que j'y pense, elle en avait déjà eu plein, c'est sûr, c'est juste qu'elle m'en parlait pas. Sûrement qu'elle avait pas envie que je me sente nul. Elle devait sentir tout le mal que je me donnais déjà pour lui procurer un peu de plaisir.

Même après, avec Julie, on l'a fait pendant quatre mois sans qu'elle jouisse une seule fois, et moi je me posais pas la question, tant qu'elle respirait fort dans mes oreilles, et que les soupirs devenaient des gémissements à mesure que j'accélérais. Moi ça m'allait comme ça. Jusqu'à fin juillet, il y a trois semaines à peine, quand ma cousine Morgane est venue passer une semaine. Avec son mec qui venait de la larguer et ses vacances en Grèce annulées, elle était au fond du trou. Mais elle allait pas se laisser abattre, elle disait, elle parlait de se trouver un gars pour lui remonter le moral, « j'ai vingt-cinq ans je suis bonne », elle disait aussi, « ça devrait pas être trop compliqué ». Elle avait pas tort, dès son premier jour à la plage on a croisé Guillaume, un grand du foot de quand j'étais petit qui bosse à la mairie et que je croise parfois chez Lionel quand il passe lui acheter de la beuh. Ça va je l'aime bien Guillaume, mais on n'est pas non plus potes et jamais il se serait posé avec nous si y avait pas eu ma cousine. Quand j'ai dû partir pour aller bosser, Morgane m'a dit qu'elle voulait rester encore un peu à la plage, et le soir à la fin de mon service elle m'a raconté qu'elle était partie avec Guillaume dans la colline au-dessus du sentier du littoral. Elle l'a revu plusieurs fois pendant le reste de son séjour. Elle l'appelait « Magic Tong » et je voyais pas le rapport avec ses tongs jusqu'à ce que je comprenne que ça voulait dire langue en anglais. Et y a autre chose que j'avais du mal à bien capter, c'était son histoire d'orgasme. C'était pas la première fois que j'entendais le mot mais j'y avais jamais vraiment prêté attention. C'est quand j'ai recherché sur Google que j'ai capté qu'il y avait quelque chose aussi chez les filles d'équivalent à quand nous on éjacule. Comme un objectif à aller chercher au bout de leur plaisir à elles aussi. Ça faisait sûrement un peu tard, dix-sept ans, pour l'apprendre, mais avec mes potes on n'en avait jamais parlé et je me demandais s'ils étaient au courant ces bâtards, et même si y avait pas un complot dans le but de me laisser comme un con le plus longtemps possible comme on fait aux enfants avec le père Noël et la petite souris.

D'après Wikipédia, *l'orgasme est la réponse physiologique qui a lieu au maximum de la phase d'excitation sexuelle. L'orgasme libère notamment deux neuropeptides, l'ocytocine et la prolactine, qui provoquent une profonde sensation de bien-être. Il est d'ailleurs souvent synonyme de jouissance extrême.*

Ça a commencé à m'obséder, ce truc. Surtout quand j'ai su que Léna arrivait, je me suis dit qu'il fallait absolument que j'arrive à la faire jouir.

Orgasme extravaginal, clitoris, intravaginal, point G : zone rugueuse au toucher, excitation, malaxation des seins et bisous dans le cou en prime, pour une stimulation multiple… On faisait vite le tour de la question, et on arrivait toujours au même point que c'était pas l'essentiel, parce que avant tout il se passait quelque chose entre deux personnes, et que ça, ça s'expliquait pas vraiment, la compatibilité, comme elle disait Morgane. En tout cas, il y avait quelque chose de plus réel que les décibels des cris des filles, et y a même des articles qui parlaient de « petite mort ». Et comme Morgane m'avait dit qu'elle croyait s'étouffer de plaisir pendant les cunnis de Guillaume et qu'elle avait mal au ventre tellement elle avalait d'air, j'ai repensé à la fois, deux ans plus tôt, où je m'étais levé pour boire en pleine nuit. C'était l'époque où ma mère était encore à la maison et que mon père dormait dans le canapé. Je l'ai vu bouger et j'ai d'abord cru que je l'avais réveillé. Puis j'ai capté qu'il était pas tout seul. Ils faisaient l'amour et ma mère faisait aucun bruit. Ça a l'air nul le sexe entre eux, je me disais, comparé à quand j'avais entendu Lionel avec Olivia dans la chambre d'à côté à la soirée chez Gaëtan. Moi j'étais encore puceau alors c'était ça ma référence, et Olivia elle arrêtait pas de crier alors que ma mère là, elle avait à peine la respiration qui s'accélère. Peut-être que mon père en a une trop petite, je me disais, ou alors il sait plus trop y faire avec ma mère et peut-être même que c'est pour ça que ça marche plus entre eux. Et si ça se trouve même avant, par le passé, ça avait jamais marché, et même le jour où ils m'ont conçu c'était aussi merdique que ça, peut-être même que c'était pour ça que j'avais jamais été vraiment sûr d'aimer la vie ou non. Y avait peut-être un rapport, on sait pas, entre notre capacité à être heureux et le plaisir de nos parents au moment de nous concevoir. Raison de plus pour savoir m'y prendre, si un jour je décidais de faire des enfants, ça me ferait chier qu'ils aient autant de mal que moi à se sentir bien dans leur peau. Au bout d'un moment, ma mère s'est carrément arrêtée de respirer. J'ai cru que c'était mon père qui était en train de l'étrangler. Je suis arrivé en courant pour l'empêcher de la tuer et alors il l'a lâchée. Je me suis arrêté devant le canapé, ma mère a caché son corps nu sous la couette, mon père m'a fixé sans rien dire, je suis reparti me coucher, et on n'en a jamais reparlé. Finalement, c'était pas mon père qui avait voulu tuer ma mère parce qu'il arrivait plus à lui procurer du plaisir. C'était le plaisir lui-même, et c'était encore possible, malgré le fait qu'elle soit plus amoureuse de lui.

— Ils font chier eux, jamais ils partent…

Léna parle de la famille posée un peu plus loin dans la crique. Y a des enfants et c'est vrai que si on se met à le faire dans l'eau c'est sûr qu'ils vont nous voir. Léna s'écarte et part nager comme si ça lui était sorti de la tête aussi vite que c'était venu. Moi j'arrive plus à penser à autre chose. Elle sort de l'eau et retourne à la serviette. Je reste là comme un con en attendant de débander. Et plus j'essaye plus ça me paraît impossible. Hors de question que je sorte de l'eau tant que ça se voit, et c'est même plus à cause des enfants, c'est surtout pour Léna, je veux pas qu'elle sache dans quel état elle peut me mettre avec trois mots doux et un câlin vite fait.

Je plonge sous l'eau, je nage un peu les yeux ouverts. Ça, ça me détend toujours. Ça me fait tout oublier pour un moment et ça finit par se calmer dans mon maillot. Alors je sors de l'eau et je rejoins Léna qui est en train d'envoyer des textos, et je crois que c'est à son Simon. Mouillée, elle est encore plus belle. On dirait qu'elle transpire, comme quand je suis sur elle dans mon lit avec le ventilo qui brasse de l'air chaud. Elle a rallumé le joint qu'on avait entamé et ses lèvres qui pressent le toncar et la fumée qu'elle recrache, ça aussi ça m'excite et je sens que je recommence à durcir.

En se tournant vers moi pour me tendre le joint, elle voit que j'étais en train de la regarder et se met à me fixer. J'arrive pas à soutenir le regard, alors je tourne la tête. Elle a bien vu que j'avais un peu paniqué. Et moi je sais bien qu'elle pense à des choses, qu'elle me juge et lit en moi comme dans un livre ouvert. Quelques semaines lui suffisent pour comprendre des choses sur moi que moi-même je comprends pas. En une phrase, elle peut mettre des mots sur ce que je ressens. C'est tous ces gens qu'elle rencontre, les films qu'elle voit, les livres, et tout… Un mélange de trucs qu'elle connecte entre eux dans sa tête bien rangée, comme si y avait une place pour tout et que tout était à sa place pour comprendre la vie plus facilement. Ça doit être ça, être cultivé… Moi je le suis pas du tout. Et même quand j'essaye de lire un livre, y a plein de mots que je suis obligé d'aller chercher sur Internet. Alors ça me soûle vite. C'est comme dans la vie, y a des mots que j'ai entendus cent fois, mais j'ai dû passer à côté parce que je sais toujours pas ce que ça veut dire, et vu que ça a l'air d'être des mots que tout le monde est censé connaître, j'ose pas demander, et je continue de pas savoir. On a le même âge avec Léna, et j'ai l'impression qu'elle a dix ans de plus. Lionel, il l'appelle « Larousse » pour se foutre de sa gueule, et en plus elle a un peu des reflets roux alors ça marche. Elle fait même des métaphores et tout quand elle parle et dans le fond, je crois que je trouve ça plutôt stylé. Mais en même temps ça me soûle un peu, parce que je sais que tous mes potes trouvent ça hyper énervant et quand mes potes trouvent un truc pas cool…

Mon téléphone vibre. C'est la troisième fois d'affilée que mon père essaye de m'appeler. C'est fou d'insister comme ça, et je pourrais répondre pour éviter qu'il retente encore dix fois, mais je sais très bien pourquoi il m'appelle. Hugo a eu un accident de scooter hier soir en rentrant du restaurant après le service. Il était bourré en plus, je le sais, j'étais en train de nettoyer le bar et je lui ai servi au moins cinq gin-to en moins d'une heure. Quand je l'ai vu partir sur son scooter, j'ai même eu un pressentiment, et c'était pas compliqué à voir venir, rien qu'en démarrant, il a failli se manger le trottoir. Rien de très grave heureusement, mais il va en avoir pour une bonne semaine d'arrêt, et mon père, c'est sûr qu'il a trouvé personne pour le remplacer ce soir, alors il va vouloir que je vienne aider à la plonge en dernière minute. Mais c'est mon seul congé de la semaine et le dernier soir des filles, et c'est justement pour ça qu'on a préparé notre coup pour ce soir avec mes potes, alors je peux pas les planter comme ça. Autant que je réponde pas, je me dis, ça veut dire que je suis occupé, et au bout d'un moment, ce sera trop tard pour que je vienne, alors mon père sera bien obligé de faire sans moi. C'est vrai, à quoi bon répondre vu que je vais dire non de toute manière. Et lui dire non de vive voix, à mon père, c'est toujours un mauvais moment à passer. Il y a ce silence après, juste ce petit instant de silence qui dit que ma manière de dire non, elle lui convient pas, et c'est une occasion pour lui de me faire comprendre que je le fous dans la merde et que je suis pas le fils qu'il aurait mérité d'avoir.

Quatrième tentative de mon père. Léna insiste pour que je décroche. Je lui dis que ça sert à rien, et elle me traite de mauviette avec son regard mais je laisse faire. Pas envie de mal parler à mon père pour faire le malin devant Léna, et devoir assumer ensuite.

Cinquième sonnerie. De nouveau Léna et son regard de haut. Alors c'est plus fort que moi, je décroche.

— Allô ?

— T'es où ?

Mon père me dit jamais « allô » au téléphone, ça prend trop de temps et ça sert à rien.

— Je suis à la plage.

— Ça va, t'as bien profité aujourd'hui ?

Cette question, c'est pour se donner bonne conscience. Si j'ai bien profité aujourd'hui, alors ce sera pas un problème de me demander de travailler ce soir. Pour lui, si on profite trop, c'est qu'on travaille pas assez, et la société se porterait mieux si tout le monde fonctionnait comme ça.

— Euh, ouais… Franchement, c'était cool.

Ça c'est pas une phrase que je dis à mon père en temps normal. C'est sorti tout seul, comme si je parlais à un pote. Et même Léna ça a l'air de l'étonner que je réponde ça.

Pendant que mon père m'explique, comme je m'y attendais, qu'il a trouvé personne pour remplacer Hugo et qu'il a besoin de moi, je réalise que j'avais même pas pensé à la raison principale qui fait que c'était pas une bonne idée de décrocher mon téléphone : je suis complètement défoncé. Quand j'ai fumé, je suis détendu, mais quand j'ai fumé et que c'est pas censé se voir, j'ai tellement l'impression que je suis grillé dans tout ce que je fais, que ce soit sur ma gueule, ma manière de me tenir, de parler, ou les mots que je dis, que je me mets à faire attention à tout, et se concentrer quand on est défoncé, ça donne souvent l'effet inverse, résultat, ça se voit encore plus.

— Je peux pas ce soir, j'ai déjà prévu autre chose.

Le silence que je craignais. Et mon père enchaîne.

— Ah ouais, t'as prévu quoi ? il dit, déjà un peu moqueur.

— Une soirée…

— Où ça ?

— Au Bar de la Plage.

— Super programme, mon fils.

Et comme il dit « mon fils », j'entends « si tu veux rater ta vie t'es sur la bonne voie ».

— C'est sûr que la plonge c'était un meilleur programme…

Cette dernière phrase, je sais que je vais la regretter. Mais ça m'empêche pas d'être content de moi en voyant qu'elle fait sourire Léna.

Mon père raccroche. Je savais qu'en lui répondant au téléphone je finirais par me sentir un peu comme une merde. Je rallume le joint et recrache la fumée en me disant que c'est cette sensation que j'expire. Pour laisser place à ici, maintenant, avec elle.

Elle sait que je sais qu'elle me regarde, alors ça sert à rien de faire le mec mystérieux qui regarde ailleurs.

Je me tourne vers elle. Elle sourit, et j'ai de nouveau cette impression qu'elle se fout un peu de ma gueule.

— Bah quoi, qu'est-ce qui y a ? je lui demande.

— Rien, j'en profite, demain je pourrai plus te regarder.

Ça me fait rougir, mais je crois que je suis assez bronzé pour que ça se voie pas trop. Je suis toujours surpris quand elle devient tendre, et même si je sais que le joint ça l'aide, ça me fait plaisir.

— Tu vas faire comment sans moi ? je lui demande. Tu vas pas être trop triste ?

— Si un peu.

— Tu vas pleurer ?

— Je sais pas...

Elle a pas l'air de rigoler autant que moi.

En fait, moi, parler de sentiments, je sais le faire qu'en rigolant. Comme ça au pire, je pourrai toujours dire que c'était une blague et que dans le fond je m'en fous complètement, que c'est pareil, Léna ou bien une autre, tant qu'il y a une fille, ou même plusieurs... Le plus possible, en fait.

— T'as pas envie de partir, parfois ? elle me demande après m'avoir encore un peu regardé en silence.

— Comment ça, partir ?

— Partir d'ici. Aller vivre ailleurs... Ça te dit rien ?

— Je suis bien ici, je vois pas pourquoi je partirais.

— Je sais pas, pour découvrir autre chose. Ici, il se passe rien, non ? C'est cool pour les vacances, mais après… Ça rouille quoi.

— Qu'est-ce qui rouille ? je lui demande.

— Je sais pas, les gens.

— Les gens, ils rouillent… je dis avec ironie, en comprenant sans comprendre, mais en comprenant quand même un peu.

— Bah ouais, ça vole pas haut, quoi. Même tes potes, j'suis désolée mais au final si vous êtes amis c'est surtout parce que vous habitez à côté et qu'il y a que vous. En vrai, c'est surtout que vous avez pas trop le choix. Franchement, j'ai toujours pas compris ce que tu fous à traîner avec un mec comme Lionel…

J'aurais bien envie de l'envoyer chier, mais je sais qu'il y a que la vérité qui blesse, alors je dis rien. Et je me demande ce que ça peut bien lui faire que je rouille ou pas. Léna elle vient, elle part et ce que je fais de ma vie entre les deux, ça change rien à la sienne.

J'arrête le scooter en haut de la colline, devant l'hôtel des Mas. Léna me demande toujours de la déposer là pour pas que ses parents nous voient. Ils veulent pas qu'elle monte sur un scooter, et encore moins derrière un garçon qu'ils connaissent pas.

Ses parents ils voient très bien qui je suis, je les ai servis plusieurs fois au resto. Et ils savent aussi qu'elle a une aventure avec un garçon d'ici qui s'appelle Noé, mais ce qu'ils savent pas, c'est qu'on est la même personne. Je sais même que sa mère lui a dit un jour que j'étais mignon. C'était quand je lui avais proposé avec mon sourire hypocrite de ramener un peu d'eau pour son cavalier king-charles et demandé son nom alors que je savais très bien qu'il s'appelait Chopin, comme le compositeur dont j'avais fait semblant de connaître l'existence quand Léna m'en avait parlé. En tout cas, avec Léna, on a fait comme si on se connaissait pas et tant mieux parce que ça m'aurait soûlé je crois de devoir faire le faux-cul et répondre aux questions des parents de Léna en essayant d'avoir l'air moins con que je le suis avec des gens qui prennent de haut ceux qui sont moins intelligents qu'eux. Ça m'évite un moment qui aurait été gênant, encore plus au restaurant pendant mon service. Déjà que je suis pas à l'aise pour servir des gens. C'est vrai, je sais plutôt bien m'y prendre avec mes mains, mes pieds et mon corps en général dans la vraie vie, mais au resto, y a un truc qui cloche. Peut-être à cause de la sensation que tout le monde me regarde constamment et que le moindre geste doit se faire en prenant en compte tous ces yeux tournés vers moi et que c'est impossible de se voir dans le regard des autres en même temps qu'on fait des choses, comme dans l'écran de surveillance à l'entrée du Leclerc, la gauche devient la droite et la droite la gauche et il faut vraiment bien se concentrer pour coordonner ses gestes.

— Tu veux pas venir ?

— Comment ça ? Maintenant ?

— Non, non, demain… Bah oui maintenant, patate.

Je vois bien que ça la surprend que je dise pas oui sans réfléchir, comme d'habitude. Ça doit être pour ça qu'elle se sent obligée de préciser « on pourra s'enfermer dans ma chambre pendant que les filles se préparent », mais l'allusion sexuelle non plus, elle me fait pas trop réagir, je suis trop occupé à essayer de balayer la joie que me procure sa proposition et à me retenir de dire « évidemment que je veux venir m'enfermer dans ta chambre avec toi ».

— Mais tes parents ? je lui demande, et ça me laisse un peu de temps pour réfléchir encore sans en avoir l'air, à une bonne excuse pour lui dire non.

— Ils reçoivent des amis ce soir, si on passe par-derrière ils vont rien capter.

— Je peux pas, je dis, y a Théo qui m'attend.

C'est une excuse de merde, mais j'ai rien trouvé de mieux, et même la meilleure excuse au monde, ça vaut rien si je mets trente secondes à la donner.

— Il t'attend pour quoi ? Jouer à la Play dans ta chambre ? Théo, tu peux le voir toute l'année.

Je suis bloqué, faut que je trouve quelque chose, je sais que si je bégaye trop là-dessus, ça pourra être retenu contre moi. Éveiller les soupçons de Léna, c'est la dernière chose que je veux. Mais c'est trop tard, elle me laisse pas le temps de répondre.

— T'as pas envie qu'on profite encore un peu avant que je parte ? elle dit en s'approchant pour m'embrasser, puis prend ma main et me fait sentir comment elle mouille à travers son maillot.

J'ai jamais autant lutté contre mon corps qu'en me forçant à me détacher de Léna comme je suis en train de le faire.

— J'ai du mal à te comprendre, parfois… elle dit, déçue.

Elle me fixe comme pour lire à l'intérieur de moi, et je baisse les yeux, parce qu'à ce moment-là, ce qu'elle pourrait y voir, c'est même plus seulement pour moi qu'il faut que ça reste à l'intérieur, mais pour Théo, Rémi, et surtout Lionel.

— Bon, je t'envoie un message quand on descend, même si tu le mérites pas, Léna me dit en me rendant le casque avec un sourire comme elle m'a jamais fait, qui me donne l'impression d'être un peu plus vivant.

Elle met ses écouteurs et part en roulant du cul sur la musique qui passe dans ses oreilles. Je sais qu'elle fait ça pour que je la regarde, mais même sans ça je l'aurais fait. Ce lien entre nous, c'est la première fois qu'il a l'air vraiment réel. Pourquoi justement à ce moment-là, où je m'apprête à faire quelque chose qui risquerait de le rompre ?

Avant de passer le premier virage elle se retourne et me lance un bisou avec sa main et je me marre comme un con parce que je me sens bien. Je fais demi-tour et au bout de quelques mètres je me marre plus du tout parce que je commence à penser à ce qui va se passer après.

J'arrive dans ma chambre, Théo est là, en train de jouer à la Play avec mon frère.

— Qu'est-ce tu fous là, toi ? je demande à Nathan.

Il dit rien, concentré sur son match.

— Jamais tu réponds aux textos toi, Théo me dit.

— J'avais pas de réseau.

— Tu foutais quoi, on t'a attendu chez Lio.

— J'étais à la plage avec Léna.

Je descends dans la cuisine pour manger un truc. Dans le frigo y a un reste de pizza, et quelques trucs que mon père a laissés, qu'il a dû grignoter en rentrant du resto hier soir. Je fous tout ça une minute au micro-ondes et je remonte.

— Tu finis le match et tu sors, je dis à mon frère en entrant dans la chambre.

— Pourquoi ?

— Parce qu'on doit parler avec Théo.

— C’est bon t’inquiète, je suis déjà au courant.

Je regarde Théo pour lui demander une explication et je comprends que ce con a tout dit à mon frère.

— Tu peux pas fermer ta gueule, toi, je lui dis.

— Ça va, il va rien dire.

— Je suis pas une balance, Nathan dit.

Ça me fait chier alors je me tais et je me pose sur le rebord de la fenêtre pour manger ma pizza. Mon frère a l’air de trouver ça complètement débile, et de pas comprendre qu’on puisse penser à faire des choses pareilles. Quand on était petits, il me suivait partout, il buvait mes paroles, comme on dit, et jamais il remettait en question ce que je faisais. Et ça m’a toujours arrangé. Ça me faisait un compagnon de jeu pour tout, forcé d’accepter mes règles à moi, même les plus débiles. Il grandit, et même plus vite que moi j’ai l’impression. Comme s’il me rattrapait, et que bientôt, il allait me dépasser, si c’est pas déjà fait. L’année dernière, il s’est même dépucelé une semaine après moi, alors qu’on a deux ans d’écart. Ça m’a mis un petit coup. J’ai compris que c’était fini, le temps où je pouvais me faire passer pour quelqu’un de spécial à ses yeux, lui raconter des histoires de bagarres, et des histoires de filles avec juste assez de mensonge pour me faire passer pour quelqu’un que je suis pas. Et dans le regard de Nathan, il existait un Noé autre, qui me permettait de briller à la maison comme j’aurais aimé briller dehors, au collège, au foot, avec les filles et mes potes. Et maintenant, cette légende, elle est en train de s'éteindre, et l'écart aussi disparaît, entre l'image que mon frère a de moi et qui je suis réellement. Et chaque jour, j'ai l'impression qu'il se rend un peu plus compte que son frère, c'est juste un adolescent de plus, qui fait même pas partie des plus forts malgré ce qu'il a bien voulu croire.

— T'es plus chaud ou quoi ? Théo me dit.

— Plus chaud pour quoi ?

Il me regarde bizarre, et je sais très bien de quoi il parle et lui aussi il sait très bien que je sais.

— Bien sûr que je suis chaud.

— Bah, dis-le à Lionel parce que lui il est persuadé que tu te dégonfles.

— Envoie-lui un message, toi, je vais me doucher.

— Vous avez pas peur de vous faire choper ? Nathan demande.

Alors je lui arrache la manette des mains et je me mets devant lui en lui montrant que s'il reste il va en prendre une. Il sort en râlant des yeux et des sourcils, l'air de dire que je suis ridicule. Et je me dis que me servir de la force avec mon frère, ça aussi ce sera bientôt fini. Je le sens quand on se bat, que c'est de moins en moins évident pour moi de le soumettre. Bientôt plus possible, ça, de taper sur mon frère pour me sentir fort et lui faire payer de m'avoir volé la moitié de l'amour que je recevais avant qu'il vienne au monde comme s'il avait une dette envers moi d'être né en deuxième. Le sentiment que c'est moi, bientôt, qui aurai une dette envers Nathan, de lui avoir tant de fois tapé dessus sans raison. J'ai été un monstre pour lui, encore pire que tous ceux qui l'ont été pour moi dehors. Moi, en primaire, je me faisais taper dessus par Gabriel. Je rentrais chez moi, et je mettais à mon frère ce que j'avais reçu. Et là où c'était encore plus violent, c'est que ça venait de moi, celui qui était censé le protéger. Quand j'y pense parfois, je pleure. Mais là c'est pas le moment, alors je dis à Théo de me choisir le Real Madrid le temps que j'aille prendre ma douche. Et j'en profite pour me branler, ça me fera tenir plus longtemps ce soir avec Léna.

— T'es sûr qu'on aura le temps d'arriver au bar avant elles ? je demande à Théo en prenant la manette de la Play.

— On a fait le test hier avec Lionel, j'te dis. Même si elles courent ça passe.

Je me pose sur mon lit à côté de lui. Il me regarde.

— Tu flippes ou quoi ? il dit.

— Trop pas. Je veux juste pas faire n'importe comment.

Théo répond pas. Chacun de nous fait ce qu'il peut pour pas montrer à l'autre comment il a peur. Alors on se contente de jouer à *FIFA* en silence et même quand on marque un but on réagit plus. On pourrait croire qu'on s'emmerde sauf que quand on s'emmerde, le temps il passe pas aussi vite. J'ai les mains de plus en plus moites avec le stress qui monte, et l'impression d'être toujours aussi défoncé à cause du joint avec Léna. Mon téléphone sonne. C'est Lionel qui me dit qu'il part de chez lui avec Rémi. C'est l'heure. Fait chier.

Les poignées sur les côtés sont cassées. Théo se tient comme il peut à la selle du scooter. À la sortie de chaque virage, l'accélération l'oblige à bien forcer sur les jambes pour pas tomber en arrière, et même si ce serait plus simple et moins dangereux, il oserait pas se tenir à ma taille. Ça le gênerait et moi aussi.

Il a mon téléphone et on doit se dépêcher, il me dit. Léna vient de m'envoyer un texto parce qu'elles vont bientôt partir de la maison, avec ses copines. Je peux accélérer autant que je veux, ça changera rien, je suis déjà à fond, et même si on n'est pas bien lourds moi et Théo, mon Neo's 50 il fait un peu la gueule dans la montée. Et encore cette montée-là ça va, quand on passe par l'autre côté de la colline Théo est obligé de descendre et de courir à côté du scooter. Et à chaque fois je lui fais la blague de me barrer sans lui. Une fois je suis même parti devant et revenu au bout de dix minutes parce que j'avais rien de mieux à faire que de le faire chier.

On arrive devant l'hôtel des Mas. Je coupe le moteur pour laisser le scooter glisser en silence jusqu'à la maison de Léna.

Le scooter de Lionel est garé contre la haie qui donne sur le fond du jardin. Rémi et Lionel sont accroupis pour observer la maison. Je gare mon scooter derrière celui de Lionel et avec Théo on s'accroupit à côté d'eux. De là où on est, on voit bien la partie inférieure de la maison, là où Léna dort avec ses copines. Ses parents sont sur la terrasse en haut. On les voit pas, mais ils doivent être en train de dîner avec leurs amis, parce que ça rigole bien.

Les deux niveaux sont totalement indépendants et les filles, elles ont leur propre cuisine, leur propre salle de bains, et même pour entrer et sortir, elles passent par la porte vitrée en bas.

— Vous êtes sûrs qu'elles sont pas déjà parties ? je demande parce que ça fait bien cinq minutes que Léna m'a envoyé le message.

— T'inquiète, Rémi répond, ça fait vingt minutes qu'on est là.

— Fermez vos gueules un peu, Lionel dit sans quitter la maison des yeux, comme un prédateur qui attend le bon moment.

Rien que trente secondes ça paraît long à attendre en silence comme des cons. C'est dans ce genre de moments que je me mets à trop penser. Hier j'avais peur, mais je me disais qu'une fois que ce serait fait je serais trop content, parce que au moins personne pourrait plus me dire ou juste penser que j'ai pas eu les couilles, et surtout pas Lionel. J'observe Rémi et Théo et ça me rassure, ils ont l'air tout aussi paumés que moi. En fait, plus ils essayent de le cacher, plus ça se voit, et moi c'est sûrement pareil.

C'est Camille qui sort la première, puis Garance et Juliette. Elles sont bien habillées pour leur dernier soir et même d'ici on peut deviner qu'elles sentent bon. Léna sort en dernier et finalement, à côté d'elle, ses copines ont pas l'air de sentir si bon que ça en fait.

Léna ferme la porte et laisse la clé dans le trou entre deux pierres du mur de dehors pour la première qui rentrera ce soir, parce qu'elles savent qu'elles se sépareront forcément à un moment de la nuit.

— On y va ! Léna crie à ses parents.

On entend la voix de sa mère qui se dégage d'une discussion animée là-haut.

— OK, ma chérie ! Faites attention.

Les quatre filles traversent le jardin. En passant le portail, Léna écrit un texto. Mon téléphone vibre, « On descend ». Je réponds : « On vient d'arriver au Bar de la Plage, on vous attend. »

Elles chantent et dansent en s'éloignant dans la descente, se marrent en bougeant leurs corps comme pour mimer ce qu'elles feront avec nous ce soir quand elles seront bourrées. Léna, c'est elle qui a le plus d'expérience avec ces choses-là. Mais à force les autres elles commencent aussi à bien s'en sortir, comme si à son contact, elles gagnaient en assurance. Elles vont bientôt disparaître derrière le virage. Léna tourne encore sur elle-même, et mes yeux font comme un zoom sur elle au ralenti et je sais pas si c'est l'effet du joint ou surtout le fait que je suis complètement à fond sur elle. Je tremble et je fais tout pour que ça se voie pas et Lionel je sais pas s'il s'en rend compte, mais il me regarde dans les yeux parce que c'est le moment d'y aller et on n'a pas beaucoup de temps si on veut arriver au bar avant les filles.

Lionel passe dans le trou qu'on avait fait dans le grillage l'autre jour pour préparer notre coup. Je le suis en faisant ce que je peux pour pas trop réfléchir. Rémi et Théo restent là, comme prévu, ils nous attendent pour être prêts à nous gueuler de tracer si jamais ils voient les parents descendre. On traverse le jardin par-derrière. On arrive devant la porte vitrée, Lionel récupère la clé dans le mur en pierre. Les parents sont juste au-dessus, on entend tellement bien ce qu'ils disent que j'ai l'impression qu'on est à table avec eux et les parents de Léna ils parlent de leur fille et du fait qu'elle est brillante, mais qu'elle pense trop aux garçons, et y a une amie à eux qui dit que c'est normal, que c'est de son âge et que le contraire serait inquiétant.

— Fais pas cette tête, Bernard. (Ça, c'est la voix d'un homme.) Tu croyais quand même pas qu'elle finirait au couvent, ta fille…

— Oh toi, ta gueule !

Ça, c'est le père de Léna qui lui répond, et tout le monde explose de rire et j'aimerais bien rester là pour écouter encore, juste essayer d'avoir des indices sur ce que Léna dit de moi, s'ils se demandent si elle est pas un peu en train de tomber amoureuse du petit merdeux qui est pas passé loin de prendre une raclée l'autre nuit.

Il faut que je reste concentré. Sinon je vais la prendre pour de bon la raclée, et c'est pas celle du gros Bernard qui me fait peur, c'est plutôt les flics, mon père, et Léna, sa déception, quand j'y pense. Mais c'est pas le moment de trop penser parce que Lionel s'apprête à ouvrir la porte. Je regrette tellement d'avoir ouvert ma gueule avant-hier, quand il a demandé qui aurait les couilles d'entrer avec lui dans la maison. Les couilles, je les avais de rien du tout, mais ça ressemblait à un des trucs les plus fous qu'on ait faits depuis longtemps, et ça me plaisait bien l'idée d'en être un personnage principal. Bien sûr, c'est maintenant que je me dis ça, et pas avant, quand c'était encore possible de faire marche arrière. Maintenant qu'on est sur le point d'entrer dans la maison et que le moindre blanc dans la conversation des parents là-haut, et le moindre petit bruit qu'on fera, juste une coordination carrément probable entre les deux risque de nous faire griller.

Lionel appuie sur la poignée, premier geste, pas de réaction là-haut.

— Laurent, je te ressers une part de quiche ?

— Avec grand plaisir !

Lionel pousse la porte très lentement, sans un bruit. La conversation s'est arrêtée sur la terrasse, le temps que la mère de Léna serve sa part à Laurent. La porte continue de s'ouvrir, centimètre par centimètre, en silence.

— C'est quand même incroyable, cette vue que vous avez.

— Je vous cache pas qu'on a dû se débarrasser de deux pins parasols.

— Ça va, c'est pas ce qui manque ici.

— C'est pas faux.

Nouveau silence. C'est maintenant qu'ils ont plus rien à se dire, ces cons ? Y a deux minutes on n'entendait qu'eux dans le quartier. Lionel pousse encore un peu la porte pour qu'on puisse se faufiler à l'intérieur. Petit grincement. Il se fige et me regarde avec des grands yeux.

— Les filles ?

C'est la voix de la mère de Léna.

Le temps s'arrête, plus un bruit.

— Léna ?

Heureusement, la panique me tétanise et me coupe la respiration, parce que là c'est elle qui gère, je suis plus aux commandes de rien. Lionel me montre ses yeux avec ses doigts et m'indique la direction par laquelle on devra tracer si on nous repère. En même temps, j'en vois pas d'autre, de direction, mais pourquoi pas rappeler la procédure, c'est ce que font les pros face aux imprévus. Et Lionel, dans sa tête, il est vraiment au boulot.

— Vous avez pas entendu un bruit? la mère de Léna demande à ses amis.

Moi je suis prêt à partir en courant dès maintenant parce que ce serait ma dernière chance pour être juste entendu, sans être vu. Mais Lionel me tient le bras et le serre tellement fort que je suis obligé de prendre sur moi pour pas crier.

— Il faut que je vous avoue quelque chose, dit Bernard. Ma femme entend des voix.

Tout le monde explose de rire et la conversation reprend de plus belle. Lionel me lâche le bras, double soulagement. Il profite de ce moment d'agitation pour me tirer avec lui à l'intérieur, et dans un même mouvement, refermer la porte derrière nous. Y a pas de doute, c'est vraiment un pro.

C'est impressionnant le bordel que ça peut foutre quatre meufs dans un appart. Y en a partout, à croire que leur trip c'est de se faire des batailles de fringues. Lionel perd pas de temps, il se met à fouiller à la recherche de tout ce qu'il peut trouver. J'ai le cœur qui bat à fond, je tremble encore plus qu'avant et je sens plus mes jambes mais je fais de mon mieux pour l'imiter. Bizarrement, j'ai quand même les idées claires, l'impression de voir tout l'espace dans ses moindres détails et même les coins que je vois pas. Je sais exactement quoi chercher, alors je m'y mets. Je trouve le panier de Léna dans sa chambre. Je prends l'iPod avec les écouteurs. Y a aussi l'appareil photo de Camille sur la commode au pied du lit, et le chargeur qui va avec. En retournant au salon, je passe devant la salle de bains et je peux pas m'empêcher de prendre le parfum de Léna. Je le mets dans ma poche et ça, je le garderai pour moi. Lionel sort de l'autre chambre tout excité à cause de la Rolex qu'il a trouvée au fond de la valise de Juliette. Elle vaut au moins trois mille balles et il pense sûrement déjà à tout le shit qu'il va pouvoir acheter et revendre avec ça.

— Gros, la Rolex, on n'en parle pas aux autres, il me dit en la mettant dans sa poche. Je la revends, on fait 50-50. OK ?

Je sais très bien au fond qu'il va tout garder pour lui et me retourner le cerveau en disant que sans lui on serait jamais entrés chez les filles et qu'en plus c'est lui qui a eu l'idée de chercher dans la valise et que moi de toute façon je me serais contenté des iPod et de l'enceinte. Il aura pas tort. Et ça m'arrange, parce que même si les parents de Juliette sont super riches et que c'est une sale conne du XVIe qui se croit supérieure à tout le monde, je me dis que quand même une Rolex, ça commence à être sérieux comme cambriolage et si les flics se mettent à chercher je préfère qu'ils la trouvent chez Lionel plutôt que chez moi.

— OK ?

— Ouais, ouais, t'inquiète.

Je pense au nombre de trucs qu'il fait dans le dos des gens. Tout ce qu'il doit cacher et comment ça doit être fatigant à la fin de devoir garder pour soi autant de choses…

— T'as quoi toi ?

Je lui montre l'iPod de Léna et l'appareil photo de Camille, lui les enceintes et l'autre iPod, celui de Garance.

— Vas-y c'est bon, on se casse.

On profite de pouvoir ouvrir la fenêtre de la chambre au fond, pour éviter de repasser à côté des parents.

Quand on ressort par le trou dans le grillage, Théo est déjà sur mon scooter et Rémi sur celui de Lionel. On se laisse glisser dans la descente en se regardant les uns les autres, en retenant nos fous rires comme on peut, encore un peu.

Après le deuxième virage, Rémi allume le moteur, Théo fait pareil, Lionel explose de rire, moi aussi, et on se marre tous, comme si on avait accompli quelque chose de grand.

Le Nitro de Lionel est beaucoup plus puissant que mon Neo's, ça oblige Théo à conduire comme un con, sans ralentir dans les virages. J'aimerais pouvoir lui dire de se calmer, qu'on s'en branle qu'ils nous dépassent, qu'on n'a pas besoin de rouler côte à côte. Même lui dire que j'ai peur. Mais ça non, pas entre potes. C'est comme « tu me manques » quand on s'est pas vus depuis longtemps, se prendre dans les bras et se dire qu'on est contents de se voir comme les filles elles font entre elles, comme « pardon », comme « je t'aime », tout ça entre nous ça se dit pas.

C'est loin d'être la première connerie qu'on fait, et d'habitude je m'en soucie pas trop, du bien et du mal. Mais là j'ai beau me dire que Léna fait trop la belle avec moi à me prendre pour son taxi personnel et à bien me faire comprendre qu'il y a pas d'amour entre nous, dans le fond même s'il va surtout de moi à elle, y en a quand même un peu de l'amour, j'ai l'impression. Je commence à me poser un milliard de questions et je le remarque pas tout de suite, le regard de Lionel qui me fixe alors que Théo et Rémi continuent de se tirer la bourre dans la descente. Il doit bien le voir sur mon visage que je suis pas trop là, Lionel. Que dans les pensées qui me passent par la tête y en a pas que des agréables. C'est quoi ce sourire qu'il me fait maintenant ? On peut esquiver un regard dans les yeux, mais un sourire c'est plus compliqué, surtout quand il est figé comme ça. Et encore plus quand c'est Lionel. Je saurais pas trop bien l'expliquer mais j'ai l'impression que ce qu'il essaye de me dire c'est un truc comme « bravo », d'avoir fait ça avec lui et d'avoir préféré mes potes à une gosse de riches qui a passé ses vacances à se servir de moi. Je le connais Lionel, et je commence à les voir, les idées derrière sa tête, comment sa sympathie c'est rarement que de la sympathie et comment la plupart du temps ce qu'elle cache c'est plutôt l'inverse. Y a autre chose derrière son sourire, qui cherche à me dire de pas trop réfléchir, de pas commencer à avoir des remords, au cas où l'idée me viendrait de tout balancer. C'est ça, une menace qui se veut rassurante, un gentil sourire pour me coincer. Parce qu'il le voit bien, Lionel, que je me pose des questions, que je me refais le fil des événements pour comprendre comment j'ai pu en arriver à faire ça, et si je ferais pas mieux de rattraper le coup avant qu'il soit trop tard, parce qu'il est encore temps de faire demi-tour et de remettre les trucs à leur place. Mais pour ça il faudrait que je sois capable de convaincre les autres que ce qu'on a fait, c'est mal. Je suis même pas sûr de m'en vouloir de prendre ce que je peux à une fille qui refuse de me donner quoi que ce soit ou même de me faire entrer un tout petit peu dans sa vie, qui m'a pas parlé une seule fois de l'hiver sur Facebook, soi-disant pour pas

« éveiller les soupçons » par rapport à son mec. J'aurais même pas su qu'elle allait revenir cette année si Théo et Camille avaient pas gardé contact, et le soir où elle est arrivée, elle m'a même pas calculé, trop occupée à faire les yeux doux au grand brun gosse de riches qui a passé la soirée à lui payer des coupes de champagne pour la ramener dans le bateau de son père.

— Mais t'as vu ce voilier?! elle avait osé me dire le lendemain après s'être à peine excusée. Je pouvais pas ne pas y aller!

Et le pire c'est que c'est ça qui me plaît le plus chez Léna, cette manière qu'elle a d'assumer ses désirs devant moi, et de prendre tout à la légère. Ou juste d'en avoir rien à foutre de me blesser. Léna, elle est pas du genre à jouer un rôle avec les gens, n'empêche qu'avec le grand brun gosse de riches elle avait joué un rôle, et pas avec moi. Est-ce que c'est une forme d'affection, ou simplement le fait de savoir, au fond, qu'avec moi y a même pas besoin de faire semblant, parce que c'est du tout cuit? Est-ce que j'aurais mieux fait de la remballer et de passer à autre chose? J'en sais rien. Et la remballer, j'en étais pas capable de toute façon. Alors j'ai répondu « tu fais ce que tu veux, je suis pas ton père », et je me suis contenté de fixer un point au loin pour avoir l'air pensif et un peu mystérieux, comme d'habitude.

— T'sais, c'était pas ouf, en vrai. Il avait une toute petite bite, elle a dit en se marrant.

Pour la taille, j'avais rien pour vérifier, et Léna, elle pouvait dire ce qu'elle voulait et surtout ce qui l'arrangeait pour me faire plaisir. Mais bon, si elle essayait de soigner mon ego, je me disais, ça voulait dire que le message était passé. Ça restait un effort pour apaiser les choses et me récupérer. Alors ça me faisait quand même plaisir de l'entendre.

— Allez, c'est bon, c'est toi mon amour de vacances, elle avait ajouté. Pas lui.

J'ai pas pu m'empêcher de sourire, mais aussi de me demander, dans ma tête, ce que ça faisait de moi d'être un amour de vacances. Qu'est-ce qu'elles lui font à l'amour, les vacances, pour qu'il soit si différent d'un amour qui serait pas « de vacances » ? Et pourquoi toujours le pluriel ? C'est quoi une vacance ? Encore une question que j'aurais pas osé poser, de peur qu'on me regarde comme un débile.

Léna a passé la soirée suivante à m'embrasser sous les yeux du grand brun, sans le calculer. Et même si j'avais le sentiment d'être juste un pion dans le jeu de Léna, j'avais gagné la partie face au grand brun, son deux-mâts et sa petite bite, alors j'étais heureux, comme un imbécile. Et encore plus après, en la déposant devant chez elle, quand elle m'a dit qu'elle voulait qu'on le fasse dans son lit. J'ai dit oui sans réfléchir. Ou peut-être une seconde en me disant que Lionel allait me dire que je me fais bien dresser par Léna. Puis j'ai pas réfléchi non plus quand on est arrivés dans sa chambre et qu'elle a commencé à m'embrasser, puis à me toucher par-dessus le pantalon. J'ai mis ma main dans sa culotte, et c'est là que j'ai commencé à réfléchir un peu, à ce que j'avais lu sur l'orgasme et par rapport au point G qui est quelque part mais je sais pas vraiment où. Puis je me suis dit qu'il fallait pas non plus que je passe trop de temps à chercher, sinon Léna allait se demander ce que je fous à l'explorer comme une clé dans une serrure pétée. Ensuite, quand on s'est mis à le faire, j'ai pas pu m'empêcher de penser au meilleur angle pour aller au plus profond d'elle, et au rythme, à essayer d'interpréter chaque signe de son plaisir, la moindre respiration, le moindre son de sa bouche. Et puis à force d'accélérer pour la faire jouir, c'est moi qui ai pas pu résister. Puis Léna était tellement bourrée qu'en fermant les yeux dans son lit, ça a commencé à lui faire tourner la tête. Je lui ai tenu les cheveux pendant qu'elle vomissait dans les chiottes, l'ai couchée dans son lit et suis ressorti discrètement. Mais pas de chance : au même moment, y a son père qui s'est levé pour aller pisser. Il m'a vu par la fenêtre en train de sortir de la maison. Quand je me suis retourné et que j'ai vu Bernard et le nichon géant qui lui sert de ventre arriver droit sur moi en courant, c'était déjà trop tard. Je sais pas si j'ai glissé sur les graviers ou si c'est lui qui m'a mis un croche-patte mais je me suis bien ramassé. J'ai voulu me relever pour me sauver mais il m'a chopé par le bras d'une main et de l'autre a tenté de m'en mettre une que j'ai esquivée juste à temps avant de lui envoyer un chassé dans le bide pour l'obliger à me lâcher. Et ça a marché parce que le père de Léna il est un peu mou, il a vraiment pas de force dans les bras comparé à mon père par exemple, et je pense que si j'avais été obligé de me battre avec lui, j'aurais pas forcément perdu. Si y avait mes potes avec moi je l'aurais sûrement fait, mais là y avait personne à qui prouver quoi que ce soit et surtout le père de Léna, il avait pas bien vu mon visage grâce à l'obscurité, alors c'était mieux pour moi que je me casse le plus vite possible. Léna m'a appelé dix minutes après, en larmes. Je crois que son père lui en avait mis plein la gueule, parce qu'elle arrêtait pas de dire que c'était une vieille merde, son père, et un gros mytho à prétendre que s'il avait essayé de me frapper c'est parce qu'il m'avait pris pour un cambrioleur.

— Après, c'est pas impossible qu'il m'ait pris pour un cambrioleur dans l'obscurité, j'ai dit. Et si c'est le cas respect franchement, moi j'aurais pas osé, imagine le mec a un couteau ou quoi, dans le doute j'y serais pas allé.

— Lol, tu le connais pas mon père, lui non plus il y serait pas allé. Appeler les flics, c'est tout ce qu'il aurait fait. Il savait très bien que t'étais un pote à moi.

Ça m'a fait un peu chier qu'elle m'appelle un « pote à moi », alors j'ai préféré rectifier.

— Si je voyais le mec qui se tape ma fille sortir de chez moi en pleine nuit comme un voleur, j'aurais peut-être eu envie de lui en mettre une, moi aussi.

— T'en sais rien, t'as pas de fille.

Elle avait pas tort. Et je sais pas pourquoi je me mettais d'un coup à le défendre son père. Peut-être l'envie qu'elle se dise que ce genre de trucs m'atteint pas, que je suis ouvert d'esprit, un peu plus que mes potes, et que comme elle je suis capable de comprendre ce qui se passe dans la tête des autres. Pas comme Lionel pour qui ceux qui sont pas ses amis c'est forcément ses ennemis, et les autres c'est des baltringues.

— C'est juste un vieux bourge, elle a dit. Un vieux bourge qui supporte pas l'idée que sa fille se fasse baiser par un autochtone. Parce que dans sa tête vous êtes tous des prolos. S'il savait que ton père est le patron de son restaurant préféré et qu'il fait sûrement autant d'argent de juillet à août que lui en une année de travail, il la fermerait bien, sa gueule.

Alors, vu la taille de leur maison de vacances, je suis vraiment pas sûr que mon père soit aussi riche que le sien, ou alors il cache bien son fric, ce qui m'étonnerait pas non plus tant que ça de mon père. Mais ce qui me dérangeait, c'est surtout que j'avais l'impression que ce qui lui posait problème à Léna, c'était pas tant que son père méprise les gens plus pauvres, mais surtout qu'il pense qu'elle se tape un prolo. Et j'ai pas trop compris pourquoi elle disait « autochtone » pour parler de moi. Dans ma tête c'était un genre d'Indien sauvage, ou un truc du genre, mais je me suis dit que ça aussi faudrait que j'aille vérifier sur Internet.

— Et si j'étais un prolo, je lui ai dit, ça changerait quoi ?

— Même si t'es pas pauvre, t'as un côté prolo... Je crois que c'est ça qui m'excite, elle a dit en rigolant.

Je savais pas trop quoi en penser, moi, de la réponse de Léna, comme si y avait quelque chose là-dedans d'un peu vrai et d'un peu méchant à la fois. Et ça m'a fait penser à *Heartless* de Kanye West, dont j'avais vu, en cherchant la traduction, que ça parlait d'une femme sans cœur. Y a un moment où il dit que la fille trouvera jamais quelqu'un de mieux que lui, et j'aimerais pouvoir en dire autant de Léna, et avec autant de conviction que lui. Mais je le pense pas, loin de là, plutôt l'inverse à me demander ce qu'elle peut bien me trouver. Si elle aime les mecs plus âgés et virils comme son copain, avec sa vraie barbe et ses tatouages comme j'ai vu sur les photos, même ici elle pourrait trouver beaucoup plus à son goût.

En passant le portail à l'entrée du Bar de la Plage, on marche vite, côte à côte, sans se dire un mot. On se croirait dans *Ocean's Twelve*. Même si en réalité on ressemble plus à Kamel et Hervé dans *Les Beaux Gosses*. Tout droit, c'est l'accès à la plage. Nous on va à gauche, côté jardin, vers le bar. D'habitude, en arrivant devant la fontaine à l'entrée, toujours ce petit suspense qui me tient en haleine. Quels visages familiers seront là ? Quand je suis caché par la haie de plantes qui longe le chemin en pierre, que quelques mètres me séparent de leur champ de vision, je me paye cette attitude du mec qui pense à autre chose, qui aurait l'air d'être là sans être là. Alors quand il y a quelqu'un que je connais, ça me donne au moins l'illusion d'avoir l'air cool, au-dessus de la situation, et même de la réalité. Dans le cas contraire, elle me saute aux yeux ma petite comédie ridicule, et je me sens un peu con.

Ce soir, pas de manières, j'ai autre chose à penser. Y a du monde et quasiment toutes les tables sont prises, à part le coin un peu à l'écart où on se met tout le temps. C'est la partie la moins confortable et éclairée, mais ça nous arrange parce que au moins personne vient toutes les cinq minutes nous demander de nous calmer. Je pense même qu'ils font exprès que ce soit un peu à l'arrache, comme ça les autres clients viennent pas se foutre là et nous c'est devenu une habitude. Finalement, à force, tout le monde sait que c'est le coin des jeunes et si y a des nouveaux qui veulent se poser là, Séb leur dit que c'est réservé. Séb c'est le barman, c'est un pote de Lionel et ça nous arrange parce qu'il nous offre des verres. D'ailleurs y a déjà quatre bières prêtes sur le comptoir parce que Lionel l'a prévenu qu'on arrivait et je crois que Séb est au courant du cambriolage sinon il nous demanderait pourquoi on doit se dépêcher d'aller se foutre à table et faire semblant qu'on est déjà là depuis au moins une heure.

Nathan est sur la table d'à côté avec Thibault, Antonin, et deux filles que je connais pas. Je leur fais un check vite fait comme si je les connaissais à peine, et Antonin a même droit à sa petite pichenette sur l'oreille. Je calcule même pas mon frère, et encore moins les deux filles. Je fais le grand quoi, comme d'habitude, et Thibault et Antonin, ils doivent se demander pourquoi je suis pas la même personne dehors que quand ils viennent à la maison.

On descend les deux tiers de nos bières cul sec et on s'allume des clopes. C'est la première fois qu'une cigarette me fait autant de bien et même du bien tout court, et je me dis qu'elles doivent commencer comme ça, toutes les addictions, par un bon coup de stress.

Le Bar de la Plage, c'est là qu'on revoit les mêmes personnes chaque été et qu'on se compare par rapport à celui d'avant, un peu comme à la rentrée des classes sauf que là c'est pas après deux mois qu'on se retrouve, mais après un an, et tu vois comment les gens évoluent, surtout physiquement, parce qu'à notre âge on fait que ça. Chaque été, on essaye d'arriver un peu plus stylés que l'été d'avant, pour faire croire aux autres que cette année nous a rendus plus cool, ou plus adultes peut-être. Et à chaque fois, il suffit d'une soirée pour se rendre compte qu'au fond, non seulement les autres ont pas vraiment changé, mais surtout que nous pas plus qu'eux. Qu'on est encore tous des gamins.

La journée, on peut louer des transats avec des matelas et des serviettes soyeuses qui ont jamais touché le sable, pour les gens comme le père de Léna qui ont les moyens et qui veulent garder le sentiment de faire partie des privilégiés, loin des gosses qui gueulent, des ballons de volley et des gens qui jouent aux raquettes, et aussi des jeunes comme nous qui se battent pour rigoler alors que tout le monde voit bien que c'est très sérieux parce qu'on joue notre virilité et même les filles qui rigolent fort, pas parce que c'est si drôle, mais surtout parce que ça les fait kiffer de se rendre compte qu'on fait ça pour les impressionner. Ça les place au-dessus des autres, celles qu'on remarque pas.

J'essaye de faire table rase de mes pensées mais y a ce foutu cambriolage qui est impossible à balayer, et l'intuition qui va avec d'une erreur irrattrapable, comme si je faisais maintenant partie des gens capables de choses pareilles. Et le passé c'est peut-être le passé mais on peut pas l'effacer, et ça, y a pas plus con, mais c'est bien la première fois que ça me saute aux yeux. À partir du moment où j'ai choisi de suivre Lionel, peut-être que tout le reste de ma vie en a été changé. Ce soir, j'ai pris une direction, et les autres directions que j'aurais pu prendre sont derrière moi pour toujours. Le Noé qui refuse de cambrioler la maison de Léna aurait pu exister. Mais il peut plus, c'est terminé. Des centaines de vies parallèles qui seront plus jamais la mienne. J'avance comme ça, et chaque jour, je vais un peu plus loin sans demi-tour possible. Et s'il y a un Noé que j'aurais dû être, je l'aurai finalement jamais été.

J'entends encore le son sorti du fin fond de la gorge de Lionel, à cause de la grosse taffe qu'il venait de tirer sur son joint : « Les gars, j'ai une idée de génie ! » Et ma peur de le décevoir qui a fait qu'à aucun moment j'ai osé remettre en question cette idée pourrie de cambriolage, parce que la déception, chez Lionel, ça devient vite de la rancœur, et le plus souvent ça s'exprime par une forme ou une autre de violence. Alors je l'ai suivi tête baissée comme un débile, comme je le fais tout le temps, dans tous ses plans foireux. Pas foutu de prendre la moindre décision par moi-même. Et ça quand j'y pense c'est vrai même des décisions les plus insignifiantes, comme le choix de la bouteille au Spar, le soft pour la diluer, la marque des clopes au tabac, la chaîne à la télé, le film de cul sur lequel on va se branler tous ensemble en se disant que celui qui finit en dernier il est pédé, alors qu'en réalité je trouve que l'inverse serait plus logique… Bref, en général, c'est pas compliqué de laisser les autres diriger, il y en a toujours que ça arrange d'avoir le rôle de leader. Mais quand ça arrive qu'on me demande mon avis, je me débrouille pour faire des choix de sécurité. Pour les clopes, Philip Morris ou Camel, moi je vois pas la différence de goût avec les autres marques mais les autres disent que c'est les meilleures. Pour l'alcool, whisky, vodka, facile, surtout pas Manzana, Passoã ou Malibu, ces « boissons de campeurs ». Vodka-orange, on buvait ça le premier été où je suis allé à L'Odyssée, mais je sais plus si c'est Rémi ou Théo qui a dit un jour que c'était dégueulasse, on a fini par arrêter. Donc Coca pour whisky, jus de pomme pour vodka, et pour la musique, les Strokes ça marche à tous les coups. Et puis y a mes vraies envies, mes vrais goûts à moi, les musiques que je découvre quand je suis tout seul. Tout ce que je garde pour moi, pour les moments où je suis tranquille, à l'abri de leur jugement.

Les filles sont toujours pas là. Ça me rassure parce qu'on n'a même plus besoin de faire semblant d'être au bar depuis un moment alors j'arrive un peu à me détendre. Je regarde les gens autour. À cette heure-ci y en a encore d'un peu tous les âges. Ensuite les plus vieux partiront et puis de vingt-trois heures à une heure du mat il restera que les jeunes et ils mettront la musique plus fort, on dansera un peu, puis ils fermeront, et on se plaindra que c'est chiant que ça ferme si tôt et le fait que c'est à cause de l'hôtel derrière, qu'à l'époque ils fermaient à trois heures, mais qu'il y a eu des plaintes et comme quoi ils font chier les gens à se plaindre du bruit alors qu'ils sont en vacances. Puis je le dirai pas, mais je le penserai, que nous aussi quand on sera vieux on aura sûrement envie de se coucher tôt pour se lever à l'aube et aller nager parce qu'on aura passé assez de nuits à répéter les mêmes conneries et à avoir de plus en plus de mal à nous réveiller le lendemain.

Dans les jeunes qui traînent au Bar de la Plage, on se connaît tous plus ou moins, mais y a des groupes. Nous, on est les mecs d'ici, on n'est pas des touristes, et on reste entre nous. On est différents quand même et les touristes, ça nous intéresse que si c'est des filles, et plus y en a plus on est contents. Et elles, c'est pareil, je sais pas trop pourquoi en général elles nous préfèrent aux mecs qui viennent en vacances. Je me dis que ça doit les changer, et aussi qu'elles ont peut-être pas envie de continuer à jouer le jeu qu'elles jouent déjà dans leurs vies en ville, parce que moi et mes potes c'est un peu ça pour nous aussi, tous les étés le temps des vacances on zappe nos copines d'ici et ça fait presque un mois que j'ai pas vu Laura et bien deux semaines que je lui ai pas envoyé de message. Elle me le reproche pas et d'ailleurs elle m'envoie rien elle non plus. Je me dis qu'elle doit sûrement être en train de flirter avec un autre mec elle aussi, peut-être même un Parisien, aux Issambres ou à Sainte-Maxime, vu que c'est là-bas qu'elle traîne. Et je m'en fous royalement parce qu'il y a Léna et puis c'est tout, et que ça va pas durer alors pour le reste on verra demain quand elle sera partie.

Lionel se redresse d'un coup avec l'air sérieux de quand il aperçoit une voiture de flics, prêt à balancer la boulette de shit qu'il a dans la poche.

— Les gars, il s'est rien passé, il dit.

Les filles apparaissent les unes après les autres, avec Léna en tête. Après ma deuxième bière, je me sentais bien détendu. Je croyais avoir la situation en main. Que le plus dur était fait, je pensais plus trop à ce moment où il faudrait faire face, comme si de rien n'était. Plus que le jardin à traverser et les filles seront devant nous. C'est la panique, je peux plus bouger et je sens que si je parle je vais pas pouvoir aligner deux mots sans avoir la voix qui déraille. Elles s'arrêtent au bar pour commander à boire. Je me dis que ça me laisse un peu de temps pour me calmer. Que dalle. J'ai la poitrine qui palpite comme un vieux et ça confirme que j'ai de quoi m'inquiéter, que je suis dans un de ces moments où je contrôle plus mon corps. J'entends les mots sans qu'ils s'impriment dans mon cerveau, et en me regardant, même un chien se dirait qu'il y a quelque chose qui cloche. Comment je vais réagir, ce sera pas mon choix, ce sera mon corps, l'instinct, un truc du genre, quelque chose en moi qui est pas moi. Ce sera bien moi par contre que Lionel va traiter de baltringue si je me lève d'un coup et que toute la vérité m'échappe, le traître de la bande, ce sera moi, jusqu'à la fin de ma vie. Les filles sont servies. Dans vingt secondes, elles seront là. Lionel parle des nouveaux pneus qu'il va mettre sur son Nitro, et comment il va pouvoir pencher dans les virages après. C'est le sujet de conversation qu'il a trouvé.

— Restez naturels, il nous cale vite fait entre deux phrases alors que les filles sont plus qu'à dix mètres.

Il est marrant, lui, le naturel là pour moi, ce serait de partir en courant direction la plage, me jeter à la mer, prendre mon scooter, rentrer chez moi, plus jamais voir Léna, disparaître, pour pas avoir à la regarder dans les yeux, parce que ça me paraît insurmontable ; et l'embrasser n'en parlons pas, lui donner la moindre affection, tout pue la trahison. Garance fait un petit bisou timide à Rémi. Eux deux, y a que quand ils sont vraiment bourrés qu'ils commencent à se sauter dessus et à part ça ils se parlent quasiment jamais. J'évite le regard de Léna. Elle s'approche et me passe une main dans les cheveux. Malgré mes efforts, je peux pas m'empêcher de la regarder. Son sourire me dit que vu de l'extérieur j'ai pas l'air si chelou que ça. Elle m'embrasse sur le coin de la lèvre, et je me dis que c'est un baiser hyper adulte et que Léna est vraiment de loin la plus mature de ses copines.

Camille s'assoit sur les genoux de Théo et lui roule une grosse pelle. Je sais que plus tard elle pleurera en disant qu'elle veut pas rentrer à Paris, qu'on se rend pas compte à quel point on compte pour elle et que c'est ici qu'elle vit ses plus beaux moments, qu'elle me considère comme son meilleur ami, que Théo c'est l'homme de sa vie, et qu'un jour elle viendra habiter ici… Elle me fait un peu de peine, avec ses émotions qui débordent tout le temps, et ça me démange parfois de lui dire de prendre un peu exemple sur Léna. Ça me ferait plaisir de voir Théo galérer un peu. Qu'il commence à se poser des questions et que je sois plus le seul mec à se faire dresser par une meuf. Et si Théo était un peu plus à fond sur Camille, j'aurais sûrement eu un peu plus les couilles de le dire, que c'était peut-être pas une si bonne idée de cambrioler les filles.

— Ça va, chérie ? Lionel dit à Juliette après qu'elle s'est assise à côté de lui.

Tout le monde rigole à part elle. Et comme si ça suffisait pas, il essaye de l'embrasser, mais elle l'esquive, l'air de dire « Quel con… » Elle l'embrasserait pour rien au monde, elle dit, et Lionel a cet air fier de dire « tu peux me remballer autant que tu veux, la Rolex, ça vaut toutes les positions du Kamasutra ». Ça c'est moi qui me le dis parce que je sais ce que je sais. Les autres ils doivent juste penser qu'il est quand même culotté de continuer d'insister, avec tous les vents qu'elle lui a mis après avoir regretté d'avoir couché avec lui le premier soir parce qu'elle était trop bourrée.

Maintenant que les filles sont là, bizarrement je gère, et tout paraît beaucoup plus simple. Je commence peut-être à m'habituer au stress, et même à aimer ça à force, comme un genre de jeu qui consisterait à jouer mon propre rôle, faire des sourires, rendre à Léna les siens, allumer une cigarette, croiser le regard de mes potes, comme si de rien n'était, sachant ce qu'il se passe dans leur tête et qu'ils savent ce qu'il se passe dans la mienne... On peut pas non plus dire que je sois hyper à l'aise, je reste un peu fragile, là sans être là, en hésitation entre ici et ailleurs, et les blagues, c'est pas moi qui les fait, et je rigole pas toujours au bon moment, mais ça, ça change pas trop de d'habitude.

Léna arrête pas de m'embrasser. Si je savais pas que c'est son dernier soir et qu'elle s'est juste mis en tête de profiter à fond, je pourrais presque me dire qu'elle est amoureuse de moi. Ce truc qu'elle a dans les yeux, sur le coin des lèvres, dans sa manière de rire et de poser ses mains sur moi. Je me dis que ça fera bizarre après ça, de retrouver Laura. Et qu'il y a de grandes chances qu'on se sépare à la rentrée parce que je penserai trop à Léna. Je vais galérer à retrouver une fille aussi belle. Je vais jamais vers les filles et celles qui viennent vers moi la plupart du temps c'est pas celles qui me plaisent. Et je pense à toutes ces occasions que je sais pas saisir. Y en a sûrement quelques-unes qui porteraient leurs fruits et qui me font passer à côté de quelque chose. Peut-être même qu'il y en a plus que ce que je pense. On saura jamais. Et si ça se trouve, plus tard je finirai avec une femme que j'aime pas tant que ça, qui coche certaines cases mais pas toutes, choisie par élimination. Je penserai à toutes celles à côté desquelles je suis probablement passé, qui ont un jour attendu que je me lance. Si on peut passer à côté de sa vie à cause de la peur, comme j'entends souvent dire, moi j'ai déjà dû bien commencer. Et je pourrais me dire que ça va changer, me promettre de me réveiller demain matin avec le courage d'oser. Mais j'y crois même plus, en ma capacité de changer. C'est peut-être ça que ça veut dire, manquer de confiance en soi : même plus croire les promesses qu'on se fait à soi-même, parce qu'on les tient jamais de toute façon.

— C'est la pleine lune ce soir.

Je commence à être bien bourré et je comprends pas trop pourquoi Léna a ce regard malicieux quand elle me parle de la pleine lune, mais je l'écoute et on est comme dans une bulle tous les deux.

— J'ai envie qu'on le fasse dans la mer pour ma dernière nuit, elle me dit.

J'aime bien l'idée et ça me fait sourire, mais pas que.

— T'auras droit de finir dans ma bouche.

J'ai jamais éjaculé dans la bouche de qui que ce soit et je repense à toutes les fois où je fais en sorte de finir en même temps que le mec dans les pornos pour me donner l'illusion que je le fais. Là je bande carrément et je suis obligé de plier les jambes pour pas que ça se voie. Je resterais bien sur la banquette avec Léna mais y a Juliette qui commence à en avoir marre des blagues salaces de Lionel et marre qu'il essaye de la tripoter comme si l'avoir eue un soir dans son lit ça signifiait qu'elle lui appartiendrait toute sa vie. C'est ce qu'elle lui hurle après la grosse claque qu'elle lui a collée. Léna se lève pour la suivre jusqu'à la seule table libre, de l'autre côté du jardin.

Juliette arrête pas de pleurer et de débiter des paroles. Les quatre mecs à la table à côté les regardent et je sens qu'ils vont pas tarder à en profiter pour faire une approche, genre « bah alors qu'est-ce qui se passe ? Faut pas pleurer… Allez, venez on vous offre un verre… ». Pour l'instant Juliette est encore trop haut dans l'émotion, ils attendent le bon moment, qu'elle redescende, ces vautours. J'essaye de lire sur ses lèvres, mais c'est pas facile. Je crois reconnaître quelques mots genre « connard » et « manipulateur », et je sais pas pourquoi mais je suis à peu près sûr que ça fait plusieurs fois qu'elle dit mon prénom… Qu'est-ce qu'elle peut bien dire sur moi ? Je me demande. Plutôt du bien, ou du mal ? En même temps, je vois pas trop quel mal elle pourrait dire vu que le mal que je fais, je le fais par-derrière. Elle doit sûrement être en train de dire qu'elle comprend pas pourquoi je traîne avec un mec comme Lionel, comme Léna m'a dit plusieurs fois.

Et voilà, j'ai pas trop capté comment l'approche s'est faite, mais elles sont déjà en train de se marrer avec les quatre mecs. Y en a un qui arrête pas de parler, et Juliette le quitte pas des yeux. Et Léna, si le blond avec sa casquette vert pomme à l'envers continue de lui faire les yeux doux en vidant la bouteille de rosé dans son verre, je pourrai faire une croix sur ma dernière chance de lui procurer un orgasme.

Y a une odeur pas normale. Je renifle encore un coup et je rêve pas, ça sent le brûlé. Putain ! Je me lève en sursaut et je me tape dessus comme un con pour éteindre le truc. C'est cet enculé de Lionel qui m'a jeté sa clope dessus et j'ai un putain de trou dans mon tee-shirt. Lionel est mort de rire et tous les autres s'y mettent, ces bouffons.

— T'es sérieux ?!

J'ai rien trouvé de mieux à dire et je me rends compte que c'est vraiment une réaction de faible parce que je suis là debout face à lui et que maintenant je sais pas quoi faire d'autre. J'aimerais tellement pouvoir me battre contre lui sans être sûr de perdre. Mais si c'était le cas il le saurait lui aussi et il m'aurait pas jeté sa clope dessus.

— Désolé, j'ai pas fait exprès, c'est mon doigt, il a ripé.

Il explose encore de rire et ce qui me fait le plus mal c'est de voir Rémi et Théo rigoler à cette blague de con.

— Pourquoi tu me regardes comme ça, j'ai pas fait exprès j'te dis.

Moi je continue de le regarder sans rien dire. J'y peux rien, entre l'envie d'oublier et celle de pas passer pour une victime, je suis juste tétanisé.

— Vas-y baisse les yeux, Noé, tu sais très bien.

— Je sais très bien quoi ? je dis.

— Ça sert à rien de faire le fou avec moi.

Il le redit plusieurs fois que ça sert à rien de faire le fou avec lui, et comme quoi il me démonte et que je le sais très bien alors pourquoi je fais le mec devant les autres, et aussi qu'il y peut rien si je suis tellement amoureux que je capte même pas qu'on me jette une clope dessus.

Tout le monde s'attend à ce que je fasse quelque chose, mais quoi ? Je peux même pas aller voir Léna. Je vois bien comment elle me regarde là-bas, pendant que l'autre Casquette verte de merde lui remplit son verre pour la troisième fois. Même de là où elle est, elle voit bien comment je suis en train de me faire bolosse, et je suis assez con pour me dire que je dois faire quelque chose sinon j'aurai l'air d'une baltringue même si au fond je sais qu'en entrant dans son jeu je fais que m'abaisser au niveau de Lionel. Mais bon, on a toujours l'impression que les filles préfèrent les mecs forts, même si elles prétendent le contraire. Le mec fort il pourra toujours les protéger et moi je veux pas que Léna croie que je pourrai pas la protéger. Et toute façon, tout faire pour qu'on me pense plus fort que je le suis, j'y passe ma vie, alors je prends la pinte pleine que Rémi vient de se ramener du bar et je la vide sur la gueule de Lionel. Il se jette sur moi. Je tombe à la renverse sur la banquette derrière moi, même pas le temps de m'en rendre compte qu'il est déjà en train de m'écraser la tête contre l'accoudoir en bois.

— J't'ai dit que j'avais pas fait exprès pour la clope ! il crie.

Personne bouge. Moi non plus, j'essaye même pas, je sais que plus j'essayerai de me débattre, plus Lionel forcera. Ce jeu-là, pour moi, il est perdu d'avance. Et je me sens déjà bien con d'avoir cédé à la provocation.

— J'te l'ai dit ou pas ?

Le dernier mot, c'est toujours Lionel qui l'aura. C'est débile, mais c'est comme ça. Quand il est avec des faibles comme nous, il peut que se sentir encore plus fort.

— On me jette pas de la bière dessus, à moi.

Il me tord le bras en l'air et encore plus fort à chaque mouvement que j'essaye de faire pour me libérer alors je fais de mon mieux pour pas bouger, attendre, accepter la soumission. Mais pas sûr que ce soit la bonne stratégie en fin de compte. On peut pas dire que ça le calme, Lionel. Ça a même plutôt l'air de l'énerver encore plus, que je joue pas le jeu, et surtout que je dise rien comme si ça me faisait pas mal alors que c'est tout l'inverse. Je sais pas s'il le fait exprès ou s'il réalise pas sa force ou la fragilité de mon corps. J'ai tellement mal que j'arrive même pas à sortir un son de ma bouche, surtout à cause de l'accoudoir qui me coupe la respiration. Et comme si ça suffisait pas il me met des coups de genou dans les côtes et fait rebondir ma tête contre l'accoudoir de plus en plus fort, un peu comme le sauveteur qui réanimait la vieille noyée l'autre jour devant le resto, sauf que là ça risque plutôt de faire l'effet inverse. Léna doit sûrement être en train de se marrer avec Casquette verte, à savourer le spectacle qui confirme tout le mal qu'elle pense de Lionel. Il faut que je me débatte un peu, je me dis, pour lui faire plaisir, qu'il puisse me mettre encore deux, trois coups, histoire de montrer à tout le monde que c'est lui le boss, et qu'on en finisse. J'essaye, mais mon corps répond pas, tout ce qui s'agite c'est mes pensées, dans tous les sens, et j'ai de plus en plus de mal à distinguer le visage de Rémi qui me regarde comme un con sans oser rien dire parce qu'il sait très bien qu'à la moindre remarque il peut finir à ma place. Si ça continue mon crâne va finir par exploser à la gueule de Lionel comme une bombe à eau. J'imagine, tout partout, des morceaux de mon cerveau, par dizaines. Des scientifiques du futur passant par là, qui s'amuseraient à les prélever pour les analyser, et verraient quel bazar c'était dans ma tête. Alors on dirait « il a bien fait, au final, Lionel, d'y mettre fin, au supplice qu'il s'infligeait à lui-même, le petit Noé, sans raison, rien qu'avec la pensée. Que son âme repose en paix ».

Ça doit faire un moment que je résiste plus parce que Lionel est retourné s'asseoir en ricanant. Par contre les autres, ils ont arrêté de rire et y a même Théo qui m'aide à reprendre mes esprits en me redressant sur la banquette. Je me redresse et je me rends compte que le seul qui a osé intervenir et me venir en aide, c'est mon frère. Il est là, encore en train d'insulter Lionel après l'avoir obligé à me lâcher en l'attrapant par le cou. Lionel est quand même pas assez con pour s'en prendre à un mec de quinze ans, alors il laisse Nathan gueuler, et il se marre en lui disant que ça va, il m'a à peine touché, et que c'est pas sa faute si son frère est en carton. N'empêche, ça se voit sur sa gueule qu'il se sent un peu con, j'ai quand même complètement perdu connaissance pendant un moment, et si mon frère avait rien fait, ça aurait fini comment ?

On peut pas vraiment dire que j'ai été faible. Je suis moins fort que Lionel et ça c'est un mystère pour personne, alors pourquoi je me sens si con d'avoir été aidé par mon frère ? Si faible dans son regard maintenant qu'il se tourne vers moi avec l'amour que personne d'autre ici ne m'a jamais montré. Que moi non plus, je lui ai jamais donné. J'en ai donné plus à celui qui vient de me faire perdre connaissance, qu'à lui, qui a eu le courage qui manque à tous mes potes et à moi, et qui a pas réfléchi une seule seconde au danger pour me venir en aide. J'aurais plutôt mérité qu'il se marre pour toutes les fois où j'ai été à la place de Lionel et lui à la mienne, la tête écrasée contre le carrelage du salon, le parquet de ma chambre ou le sable mouillé, quand je tirais plaisir de lui faire mal. Faible de mon ingratitude, en réalité, que Nathan pense même pas à me faire payer, parce que ça a toujours été comme ça, comme si c'était l'ordre naturel des choses, que le grand frère fasse souffrir le petit. Et y a une question que je veux pas me poser, et pourtant elle est là, elle me laisse pas le choix. Et si j'ai pas envie de me la poser, c'est sûrement que la réponse me fait un peu honte, aussi. Est-ce que j'aurais eu les couilles de m'en prendre physiquement à Lionel, si mon frère s'était retrouvé à ma place ?

Je sens que si je reste là à endurer le regard des autres et les « t'es sûr que ça va, Noé ? » je vais finir par me mettre à chialer. Je vais aux toilettes. Là-bas je peux m'enfermer à clé quelques minutes. Au moins si je craque je pourrai toujours dire que j'étais juste en train de pisser même si personne me croira parce que après ce qui vient de se passer c'est pas très crédible.

J'y resterai tant que ça ira pas mieux. Ça me fait du bien de me retrouver dans le calme et surtout à l'abri des regards. Je pense à ma mère, à cause de la tristesse que ça lui ferait de voir son fils au bord des larmes sur cette cuvette. Et puis je me rappelle que j'ai toujours pas écouté le message vocal qu'elle m'a laissé il y a quatre jours. Alors c'est peut-être pas le moment, mais c'est celui où, pour la première fois depuis longtemps, j'ai envie d'entendre sa voix.

« Coucou Noé, c'est Maman. Bah je voulais prendre des nouvelles, voilà… J'espère que ça va au resto avec ton père, et qu'il est pas trop stressé… Moi à l'époque fin août, je me souviens, c'était compliqué… Et puis, je me demandais aussi, si t'es toujours en congé le jeudi, on pourrait aller se faire la super balade, tu sais, celle dont je t'ai parlé, à Collobrière… Si t'as rien d'autre à faire, hein ? Sinon, c'est pas grave, une autre fois. Je te fais plein de bisous. Voilà… Je suis en train de descendre à la brocante, là. À plus tard. »

J'ai le truc dans la gorge qui fait pleurer si on s'y laisse aller. Quoi? Maintenant que mon frère m'a ouvert les yeux sur mon ingratitude, en venant à mon secours, je vais commencer à la voir partout, c'est ça? Mauvais grand frère, mauvais fils... En même temps, ça fait plus d'un mois qu'on s'est pas vus ou même eus au téléphone avec ma mère. Ou plutôt ça fait un mois que je lui réponds pas. Elle habite pas loin, pourtant, moins de quinze minutes en scooter, et elle serait ravie de se déplacer si c'est pas moi qui le fais. Mais c'est l'été, j'ai mon travail au restaurant, elle le sien à l'hôtel, et je me repose sur ça pour me dire que ce sera toujours une bonne excuse pour expliquer mon silence en disant que c'était compliqué de s'organiser.

Dans un groupe d'amis, il y en a toujours un (ou plusieurs) avec qui ça fonctionne quand on est en groupe, mais pas à deux, et c'est au moment où on se retrouve seul à seul qu'on se rend compte qu'en dehors du groupe, on n'a pas grand-chose à se dire. C'est un peu ça avec ma mère, une gêne quand on est tous les deux, comme si leur séparation m'avait fait prendre conscience qu'en dehors du groupe qu'on formait à quatre avec mon père et mon frère, bah entre elle et moi, y a quelque chose qui fonctionne pas. Comme si on se connaissait pas vraiment. C'est peut-être quelque chose qu'on va avoir besoin de réapprendre. Recréer la relation, revoir le lien mère-fils qui est comme ces souvenirs flous dont on n'arrive plus trop à savoir si c'est un souvenir ou un rêve. Que j'arrête d'avoir cette sensation que c'est pas la même personne que sur les photos et les cassettes de mon enfance, comme si cette jeune femme, c'était pas elle, et cet enfant dans ses bras pas moi.

Et si je lui réponds pas au téléphone, est-ce que ce serait pas justement pour qu'elle me le reproche et que ça me donne une occasion, à moi aussi de lui reprocher des choses à mon tour ? Qu'on puisse parler, peut-être, de ce dont elle a jamais osé me reparler depuis que c'est arrivé ? Est-ce que c'est si grave que ça, une séparation ? Ou c'est ma mère qui est trop pudique pour parler de ça avec moi ? Mais comment c'est possible, pour une femme, d'être pudique avec un être qui est sorti d'elle ? Et je me dis que, peut-être, elle se sent coupable. Et qu'elle croit que je lui en veux d'avoir brisé la famille, de plus aimer mon père. Elle doit pas avoir complètement tort. Mais je crois surtout que le moment où j'ai commencé à lui en vouloir, c'est quand j'ai compris qu'elle continuait à faire comme si y avait encore quelque chose à sauver entre elle et lui. C'est ce que j'aimerais avoir la chance de reprocher à ma mère, de nous avoir fait vivre dans le mensonge parce qu'elle a pas voulu l'accepter avant. Et surtout d'avoir fait croire à mon père que c'était encore possible, parce qu'à cause de l'espoir qu'elle lui a donné, la tristesse a duré plus que prévu.

En sortant des toilettes, je vais direct au bar. Je commande deux pintes à Séb. Une pour moi et une pour rembourser à Rémi celle que j'ai vidée sur la tête de l'autre connard. Séb m'offre un shot en plus, sûrement qu'il a un peu pitié de moi. Même si c'était à l'autre bout du jardin, ça a dû échapper à personne ce qu'il vient de se passer avec Lionel. Je reste au bar le temps que ça passe, cette envie de chialer. J'aimerais que Léna arrête de parler avec Casquette verte, qu'elle vienne me voir et qu'on aille sur la plage ou ailleurs, où elle veut, mais qu'on se casse d'ici. J'observe Lionel qui continue de faire le clown là-bas, comme si de rien n'était. Comme s'il venait pas d'humilier un des seuls mecs qui a toujours été là pour lui. Je l'envie, de pouvoir se reposer sur sa force et d'avoir à se soucier de rien ni personne. Et en même temps, je crois que ça me ferait chier de savoir que les autres me respectent juste par peur. Lui il s'en rend peut-être pas compte, c'est d'autres choses qui lui font peur, et des choses plus flippantes, parce qu'il a pas ses parents pour l'aider et qu'il va sûrement travailler dans des jardins toute sa vie et que pour l'instant ça va mais quand il aura quarante ans dont vingt d'espaces verts derrière lui, le dos en miettes et accro au pétard... Et je me mets presque à le plaindre puis je me souviens de ce qu'il vient de faire, et toutes les conneries dans lesquelles il m'embarque, tous les risques qu'il me fait prendre tout le temps, et comment ça l'arrange bien de savoir que s'il se fait choper, il sera pas seul dans sa merde. D'un autre côté, c'est peut-être pas sa faute si on est là, à côté, et que la vie, elle nous a donné plus qu'à lui. Il a juste besoin de gars qui se mettent un peu à sa place, des gars qui le comprennent et qu'il peut appeler ses potes... Mais je commence à en avoir marre, moi, de faire l'effort de le comprendre, Lionel. Et vouloir faire le beau devant Léna ça m'aura au moins donné le courage de me dresser contre lui et de me rendre compte que je ferais mieux d'arrêter de vouloir lui ressembler.

Ils montent le volume de la musique, les gens commencent à danser. Les plus bourrés d'abord, puis petit à petit tout le monde. Moi je suis pas d'humeur, alors je reste avec Théo qui m'a rejoint au bar. C'est clair pour moi qu'on a fait une connerie. Il est peut-être pas encore trop tard pour la réparer. C'est ce que je dis à Théo, et que j'hésite à dire la vérité aux filles et à leur rendre leurs affaires.

— Laisse tomber, maintenant c'est fait, on peut plus faire marche arrière.

— Bien sûr qu'on peut.

— On va pas se foutre dans la merde alors qu'on risque plus rien.

— Si on leur dit la vérité, elles vont comprendre.

— Elles vont rien comprendre du tout. Fallait y penser avant. Oublie, laisse tomber.

C'est vrai, il a pas tort, elles comprendront pas comment on a pu aller au bout du truc, rien que le fait qu'on y ait pensé ça en dit long et en partant demain, je suis pas sûr de vouloir que Léna emporte cette image de moi.

— Sinon on rapporte tout ce soir, on remet tout à sa place. Elles sauront rien.

Je dis ça comme si c'était une idée de génie et je vois bien dans le regard de Théo que c'est débile.

— Tu sais très bien que Lionel, il voudra jamais.

— J'm'en bats les couilles de ce fils de pute.

— Si on lui fait ça dans le dos, il va vriller. C'est mort, j'me mets pas Lionel à dos pour ça.

Léna est en train de danser avec Casquette verte et ses potes. Elle a l'air de bien s'amuser avec lui. Chaque fois que je la vois rigoler, que j'entends son rire qui se détache de la musique, ça me lance dans la poitrine, mais j'ai pas la force de dire quoi que ce soit, et Théo il me dit que s'il tente un truc ce fils de pute on va le démonter et je dis que si elle accepte c'est elle la connasse. Ça m'enlève tout de suite l'envie de lui dire la vérité, à Léna. Si je peux garder un minimum le sentiment de pas avoir complètement perdu la partie avec elle…

Casquette verte la colle de plus en plus et Léna me jette un regard, et je rêve pas, elle me sourit. Je sais pas trop ce qu'il veut dire ce sourire, mais je lui rends, parce que la meilleure réponse à un sourire, quel qu'il soit, c'est souvent un sourire, j'ai remarqué.

Léna quitte la piste de danse. Casquette verte la regarde s'éloigner, un œil bloqué sur ses fesses et l'autre sur où elle va, c'est-à-dire sur moi. Léna attrape mes deux joues entre ses mains et plonge sa langue dans ma bouche. Pendant qu'elle m'embrasse, je garde un œil sur Casquette verte. Il rigole, gêné, comme pour dire « pardon, si j'avais su… ». Et quand Léna me lâche, je rends son sourire à Casquette verte parce qu'à sa place j'aurais eu la même réaction. Il vient vers nous avec un grand sourire et la première chose qu'il dit en arrivant c'est « désolé », alors je lui dis que c'est rien et on se fait un check un peu foireux parce que je ferme le poing et lui garde la main ouverte. On dit rien mais je vois que quand il checke Théo il ferme le poing pour pas reproduire la même chose, sauf que Théo il fait l'inverse parce qu'il a bien vu ce qu'il s'était passé avec moi. Bref, y a rien qui va et moi, comme je peux pas m'empêcher de bloquer sur ce genre d'anomalie, j'ai pas du tout imprimé le prénom de Casquette verte qui répète les nôtres pour bien se souvenir et créer une complicité.

— Je vous paye un verre les gars ou quoi ? il dit.

Avec Théo on se regarde comme des cons avec nos verres vides et on dit qu'on dit pas non.

— Deux whisky-Coca ? il nous demande.

On acquiesce et il se tourne vers Séb derrière le bar.

— Allez, trois !

Léna repart danser et y a plus aucun mec qui lui tourne autour. Je me sens fort d'un coup, même si j'ai rien fait pour.

Les filles nous appellent sur la piste. Théo vient avec moi et on se colle à elles comme elles veulent. C'est elles qui donnent le ton. On se marre même avec les potes de Casquette verte qui sont finalement plutôt cool, et qui arrêtent pas de nous faire boire.

Lionel est posé à une table avec des mecs qui bossent pour la mairie, dont Guillaume, alias « Magic Tong ». Nous on reste pas trop avec eux, mais Lionel si. Il leur vend la weed qu'il fait pousser chez lui. Parfois y en a un qui passe quand on est posés, alors Lionel lui fait fumer un joint, et l'autre goûte comme mon père il fait avec le vin et quand il part, Lionel nous dit que ça c'est ce qu'on appelle faire du business.

Je vois bien comment il nous regarde, Lionel. Ça lui plaît pas qu'on sympathise avec le genre de bourges à qui on met la misère d'habitude. Et c'est bien fait pour sa gueule. Ça le fait chier, parce que lui quand il sympathise avec eux, c'est pour leur mettre des carottes en leur vendant de la coke coupée au Doliprane à ces peigne-culs, comme il dit, qui nous regardent de haut comme si on était des sauvages incultes, qui traînent dans leurs piscines toute la journée en parlant du biff qu'ils ont claqué la veille à Saint-Tropez pendant que lui, il taille la haie du jardin en plein cagnard. Il aime pas. Ça lui rappelle tout ce qu'on a en commun avec eux et qui nous différencie de lui ; les réunions de famille pour Noël tous les ans, les bonnes manières devant les grands-parents, les cousinades, l'avion au moins une fois par an pour partir en voyage, le bac, le choix des études, l'avenir à construire... Lionel, son avenir, c'est son présent. Son travail, c'est vraiment son métier, pas le job d'été dans le business de papa et maman. Parce que ça aussi c'est quelque chose qu'on a en commun avec les gosses de riches, Théo, Rémi et moi, que nos parents ils ont des business qui nous assurent une sécurité si on décide de les reprendre un jour.

Léna me tire vers elle sur la piste. C'est sûrement le plus long baiser de ma vie. Comme si le temps était suspendu et que tout le monde avait disparu autour. Je vois plus que Léna, j'entends plus que Rihanna qui répète « *under my umbrella, ella, ella* » et je me dis que c'est dans des moments comme ça qu'un morceau nous marque et qu'on s'en souviendra toute sa vie. Léna me touche à travers le short sans se soucier que tout le monde puisse nous voir. J'aurais jamais osé faire ça. Quand elle est excitée, c'est comme si le regard des autres, c'était pas une raison pour se retenir de le vivre pleinement, avec tout son corps. Tout est quand même beaucoup plus simple avec une fille comme Léna. Il y a pas de doute sur ce qu'elle ressent, si elle a envie, je le sais, si je suis beau, je le vois tout de suite dans ses yeux, alors je sais ce que je peux me permettre de dire ou de faire. Les filles comme Léna, Lionel appelle ça des salopes. D'ailleurs, il adore me le rappeler, qu'elle l'a fait avec plein de gars et comme quoi c'est la réputation qu'elle a à Paris. Il le sait à cause de Pierre, le Parisien qui connaît des mecs de son lycée, à Léna. Il dit aussi que nous les mecs, si on baise avec plein de filles ça fait pas de nous des salopes parce que les filles, elles peuvent baiser avec n'importe qui quand elles veulent. Il suffit qu'elles soient pas trop moches, et encore même les moches, il dit. Comme quoi c'est beaucoup plus facile pour une fille de se taper des mecs que pour un mec de se taper des filles, et donc si elles baisent trop, c'est un abus de pouvoir. Je me demande ce que ça veut dire « baiser trop », et après ce qu'il vient de se passer, ça me fait marrer quand même de repenser à Lionel qui parle d'abus de pouvoir… Il peut pas s'en rendre compte, lui, de l'intérêt que ça peut avoir pour un garçon de savoir quand une fille en a envie et quand elle en a pas envie. Lui, dans tous les cas, qu'elle en ait envie ou pas, c'est comme avec tout, il fonce, en se disant qu'il trouvera un moyen pour qu'elle finisse par le vouloir. Y a qu'à le voir en boîte pour comprendre. C'est comme s'il y avait pas de latence entre le moment où l'information lui vient au cerveau qu'une fille lui plaît et l'information que son cerveau envoie à son corps d'aller se frotter à elle par-derrière. Et si y a un mec dans la boîte qui a le malheur d'être le copain de la fille, il a de fortes chances de finir avec le visage en sang. Léna, quand elle « abuse de son pouvoir » pour coucher avec un garçon, en général, c'est pour lui faire plus de bien que de mal et en y pensant, j'ai du mal à comprendre ce qu'il représente, ce truc négatif qu'on entend par « salope ». Un mot pour rendre mauvaise une fille qui ne fait que du bien. Comme si le mot avait la force de rendre l'idée négative, et que traiter une fille de salope, c'était simplement un moyen de la punir de pas avoir peur qu'on la traite de salope.

La main de Lionel sur mon épaule interrompt le plus long baiser de ma vie.

— Je peux te parler ?

— Ça peut pas attendre ? Léna demande.

— Non, Lionel répond en me regardant dans les yeux et je tiens le regard parce que je sais au fond qu'il s'en veut de tout à l'heure et qu'il osera pas s'en prendre à moi une deuxième fois.

— Faut que je te parle… il insiste, et je trouve pas d'argument pour le remballer alors on se met à l'écart pour parler.

Je croyais qu'il allait commencer par s'excuser, mais pas du tout, il m'embrouille parce que ce con de Théo lui a dit que je lui avais parlé de rendre les trucs aux filles. Il me fait pas de menace. Il sait très bien qu'il a pas besoin. Mais il me reproche de me faire manipuler par cette meuf qui en a rien à foutre de ma gueule.

— Demain elle va rentrer à Paris retrouver son mec et puis basta, elle t'aura déjà oublié.

Il croit m'apprendre quelque chose, comme si je l'avais pas déjà compris que je suis juste un jouet pour elle. Comment lui dire que c'est justement ça le problème et que si j'ai une chance d'être un peu plus que ce jouet, j'aimerais la mettre de mon côté ?

Lionel sent qu'il perd mon attention. Il m'attrape par l'épaule.

— Elle est pas de notre monde, frérot. Et pour les gens de son monde on n'est bons qu'à faire leurs jardins et à leur servir des tartares de saumon. Tout ce qu'ils nous donnent c'est des pourboires, gros.

Il a son visage de plus en plus près du mien et j'ai plus d'autre choix que de l'écouter.

— Sa chatte, c'est un pourboire.

Je m'attendais pas à ce qu'il me sorte ça et ça me fait marrer et lui aussi il explose de rire parce qu'il attendait que ça que je me marre. N'empêche, si sa chatte c'était un pourboire, ce serait par charité qu'elle se donnerait à moi, en se disant que ça représente beaucoup pour moi, et pas grand-chose pour elle. Comme le vieil Anglais l'autre jour, qui m'a glissé un billet de cent euros que j'ai gardé pour moi alors que normalement on partage les pourboires avec l'équipe. Je vois pas pourquoi Léna m'offrirait son corps par charité, mais je vais quand même pas rentrer dans ce débat-là avec Lionel.

Il me dit pas pardon ou désolé pour tout à l'heure. Il sait que je lui pardonne. Je lui pardonne parce que je suis Noé, et qu'il est Lionel. Et y a que dans ce sens-là que ça marche.

— Elle est pas de notre monde, frérot.

Ça fait au moins cinq fois qu'il me le répète en me regardant dans les yeux, que Léna est pas de notre monde.

Je m'y vois, dans ses yeux, et je me dis que lui et moi, on aurait beau essayer, on sera jamais du même monde, c'est pas possible. D'un autre côté, je crois qu'il y a un endroit où nos mondes se touchent et qu'à force de passer du temps à cet endroit, y a un peu de son monde dans le mien. Peut-être même un peu du mien dans le sien, mais ça j'en doute, parce que l'influence, c'est clair qu'elle est plus de lui à moi que de moi à lui.

Nos mondes ils se touchent quand on tue l'ennui ensemble. Quand une journée de décembre commence comme toutes les autres, et qu'à cause d'une idée qui passe par la tête, d'aller squatter le centre Pierre & Vacances fermé pour l'hiver, elle se finit à ouvrir des distributeurs de bonbons au tournevis et à voler des extincteurs pour faire une bataille sous les lampadaires du boulevard de la Plage. On se marrait bien, chacun armé de son extincteur, à s'envoyer des nuages de CO_2 dans la gueule, mais au bout d'un moment, Lionel, ça a commencé à l'emmerder, ça manquait d'un peu d'action, de stress pour pimenter tout ça. En voyant la lumière allumée d'un camping-car installé là pour la nuit, ça lui a donné une idée. Il s'est approché discrètement, a introduit le bout du tuyau de l'extincteur dans la fenêtre entrouverte. Et il a envoyé la sauce. On a entendu des cris, et d'où on était, on pouvait voir des filets de fumée blanche sortir par les fenêtres des deux côtés du camping-car, comme une cocotte-minute. Le pauvre couple de quinquagénaires… Ils sont sortis en crachant leurs poumons. Le mari s'est précipité vers Lionel, qui est parti en courant, tellement mort de rire qu'il en a perdu son extincteur. L'homme l'a ramassé, et Lionel est venu me prendre le mien pour affronter l'homme en duel. Le pauvre gars, il avait pas le quart de l'agilité de Lionel. Il a été obligé de battre en retraite et de retourner se mettre à l'abri avec sa femme, fermer les fenêtres du camping-car enfumé, et démarrer pour renoncer au réveil face à la mer du lendemain matin, dont ils rêvaient sûrement depuis des semaines. Rémi, Théo et moi, morts de rire devant Lionel qui poursuivait le camping-car en l'aspergeant et en hurlant « fuyez, pauvres fous ! » avec la voix de Gandalf du *Seigneur des anneaux*.

C'est dans ces moments-là que, même s'ils se touchent, nos mondes restent bien distincts ; quand Lionel dépasse les limites de ce que nous on oserait faire, que je deviens simple spectateur de ses folies, simplement fier d'être là pour le voir et que tout le monde sache que j'y étais. Que mon nom soit mentionné au moins une fois, quand on raconterait que Lionel m'a pris l'extincteur des mains pour affronter l'homme, ou que je me suis cassé la gueule en fuyant dans les buissons quand les flics ont débarqué dix minutes après, prévenus sûrement par la femme effrayée. J'aime pas rater ce genre de truc, et le cambriolage de tout à l'heure, y a bien une partie de moi qui regrette, mais si j'avais pas été là pour le vivre, ça m'aurait quand même bien fait chier. Vivre des choses hors du commun, le plus possible, comme si vivre seulement, dans notre décor de carte postale, ça suffisait pas. Enfreindre les règles pour exister en dehors de la carte postale, être ailleurs, là où on veut pas nous voir. Être celui qui est entré dans la maison de Léna alors que les parents étaient en train de dîner juste au-dessus, celui qui a chié dans le canapé à la soirée chez Laura où on était sans y être invités, juste pour le plaisir de foutre le bordel, qui a éjaculé dans un verre de whisky-Coca avant de le servir à Clément, pissé sur le dos de Morgane pendant qu'elle était en train de vomir, cassé les rétroviseurs de toute une rangée de voitures à coups de pied, juste comme ça, pour faire marrer les autres et montrer qu'on est assez fort pour tuer l'ennui. Faire partie de ceux qui sont entrés par-derrière dans le cinéma de Cavalaire en plein milieu du film, gâché la séance de tout le monde avant de se faire courser par le projectionniste sur toute la promenade, poussé Manon dans le port de Saint-Tropez, parce qu'à partir du moment où l'un de nous a soumis l'idée, même si tout le monde sait qu'elle est très mauvaise, personne peut empêcher le groupe de la mettre à exécution. Toutes ces conneries qui font qu'on finit par parler le même langage avec Lionel, cette façon qu'on a de pas savoir dire « je t'aime », de fuir le regard comme des sauvages. Des sauvages, c'est comme ça que mon père appelait les parents de Lionel quand il m'interdisait d'aller traîner là-bas. Pour continuer d'y aller, je partais avec mon vélo et mon ballon de foot en disant que j'allais jouer au terrain, parce que mon père il aimait ça, que je fasse du sport, et tant que c'était pour ça, il me laissait sortir et traîner autant que je voulais. À dix ans, des après-midi entières chez Lionel à jouer à *Street*

Fighter, pendant que sa mère fumait clope sur clope en jouant au solitaire sur la table du salon, attendant que son mari revienne de son « voyage d'affaires »… Il purgeait en réalité sa première peine de prison. J'arrêtais pas de lui dire la chance qu'il avait Lionel, que sa mère le laisse jouer à la console autant qu'il voulait, et qu'elle l'oblige pas à manger des légumes. Tous les jours pizza, steak-frites, croc' Herta, pâtes au ketchup, ou lasagnes surgelées. Mr. Freeze au congélo et placard rempli de biscuits. Tout ce que ma mère évitait au maximum. J'étais trop petit pour comprendre de quel côté elle se trouvait, la chance. Tout ce que je voyais, c'est que chez eux, c'était pas comme chez moi. Chez eux, j'étais le bienvenu, chez moi, Lionel, il l'était pas.

Encore aujourd'hui, la joie de sa mère, à Lionel, ses grands yeux bleus écarquillés, le 24 décembre à vingt-trois heures, en me voyant débarquer après mon réveillon fini tôt pour laisser au père Noël le temps de passer pendant la nuit, comme on disait aux petits cousins. Moi, le ventre plein de foie gras, de coquelet, et de la fameuse bûche de la Boulangerie Leon, réservée par mon père trois semaines à l'avance pour être sûr de pas la rater cette année ; Lionel et sa mère, sur le point de finir en beauté avec la bûche de chez Picard, après les Apéricube et le poulet-frites. La gueule de mes parents, mes tantes, mes cousins, toute notre bonne famille, s'ils avaient vu Lionel débarquer au moment du dessert; ce petit voleur, bon qu'à suivre la trace de son père le taulard, et de la femme de ménage illettrée qui lui sert de mère. Eux qui n'ont qu'à se sortir les doigts du cul, vu qu'il suffit de travailler plus pour gagner plus, parce que « la pauvreté n'excuse ni la fainéantise ni l'ivresse sur la voie publique ». Et je veux même pas savoir ce qu'il a fait, le père de Lionel, pour aller en taule, parce qu'ils ont pas attendu qu'il le fasse, mes parents et tous leurs amis, pour le traiter comme une merde qu'on ramasse juste pour la jeter un peu plus loin, et pour mettre sa femme et son fils dans le même sac.

Lionel s'excuse pour le tee-shirt et enlève le sien pour me le donner. C'est un tee-shirt qui coûte une blinde, qu'il avait volé au début de l'été dans la villa où on avait vendu des pochons de sauge cueillie sur le sentier du littoral à des bourges en leur faisant croire que c'était de la weed. Et même qu'ils avaient tous dit qu'ils étaient défoncés, et c'était un gros effet placebo.

Il me prend dans ses bras. Ça me surprend, et ça me fait du bien.

— C'est nous contre eux, frérot…

Il me dit ça en me serrant contre lui et il a l'air d'y croire dur comme fer que c'est nous contre eux, alors ça me donne la force d'y croire aussi encore un peu. De la piste, Léna me regarde sans s'arrêter de danser. Je vois bien dans son regard qu'elle se dit que je me fais bien manipuler. Elle a pas tort mais bon, je me sens déjà un peu mieux de faire la paix avec Lionel. Je sais que son affection pour moi elle est bien réelle et que s'il se rend pas toujours compte qu'il est con c'est surtout parce qu'il a des tas de raisons de l'être. Le téléphone de Lionel sonne.

— Les affaires reprennent, il me dit avant de décrocher.

Il part, torse nu, vers la sortie du Bar de la Plage. Je vois d'ici, sur son visage, la haine avec laquelle il regarde Juliette qui est en train de danser avec le pote de Casquette verte. Même à cette distance ça me fait un peu peur.

— Il est parti faire quoi, Lionel ? Théo me demande, la gueule en nage d'avoir tellement dansé.

— Je sais pas, vendre un truc j'crois.

Théo est carrément essoufflé. Il regarde discrètement vers la piste de danse, d'où Camille le quitte pas des yeux.

— Vas-y viens, on va le rejoindre, j'en peux plus de danser, j'ai besoin de respirer.

Moi aussi danser ça me dit plus trop rien. La playlist c'est la même tous les soirs et ça m'arrange de pas être là au moment où ils passeront *La Carioca* pour une dernière danse et inviter les gens à se barrer, parce que Léna dans l'état où elle est, elle va vouloir qu'on la danse ensemble, et je suis nul moi, pour les danses où on doit faire tourner les filles avec des gestes précis.

On fume un joint devant le Bar de la Plage en attendant le client de Lionel. *La Carioca*, on l'entend d'ici, avec la voix de Camille par-dessus, qui chante tellement faux. Rémi nous rejoint. On se met d'accord sur qui garde quoi. Moi ce sera l'iPod de Léna, Théo l'appareil photo de Camille, Rémi l'iPod de Garance, Lionel l'enceinte Bose. Évidemment, il parle pas de la Rolex. Et évidemment, moi non plus. Je pense à Léna, à tous les morceaux de son iPod que je vais avoir le temps de découvrir, toute la musique qu'elle écoute avec son mec, comme un accès libre à leur culture parisienne. Si elle savait que je lui ai fait ça, sûrement qu'elle regretterait tout ce qu'il y a eu entre nous, et que plus jamais elle voudrait me parler, et j'aurais l'impression de passer à côté de quelque chose d'important. Mais bon, pour moi et mes potes, être avec une fille, c'est forcément lui prendre quelque chose, sans rien lui donner en échange. Et l'aimer, c'est interdit. Ou plutôt, l'aimer c'est lui faire croire qu'on l'aime. Et on n'a même pas vraiment besoin de faire semblant parce qu'on se laisse prendre au jeu. En tout cas pour moi, c'est ce qui se passe. En fait, pour aimer tranquillement une fille, y a une double stratégie, de faire croire aux potes que si on a l'air de l'aimer, c'est pas pour de vrai, mais pour continuer d'en profiter. Ça nous permet de nous comporter comme on veut avec elle devant eux, sans passer pour des canards. On leur dit qu'elle suce bien pour pas dire que c'est les sentiments qui nous poussent à passer autant de temps avec elle et moins avec eux.

— T'es même pas venu danser une dernière *Carioca* avec moi ! dit Camille à Théo en sortant du Bar de la Plage, suivie de Léna.

Elles nous rejoignent. Léna me prend le joint de la bouche, s'assoit sur mon scooter et me passe la main dans le dos, sous le tee-shirt. Je sais très bien que c'est juste l'ivresse qui dessine des sentiments sur ses gestes et son visage, et que ces sentiments, demain, ils auront disparu. Mais elle a ce sourire, maintenant, ces yeux un peu doux, un peu tristes, qu'elle pose sur moi, je l'entendrais presque me dire « j'ai pas envie de partir, j'ai envie de rester avec toi »... Et il faut pas que je me laisse prendre au piège par cette pensée, parce qu'il y a l'iPod et le parfum sous ses fesses, et ça pourrait tout faire foirer. Alors j'essaye de trouver autre chose où mettre mes yeux. Ils se posent sur Rémi, debout face à moi, et je me rends compte que lui non plus, il a pas l'air bien du tout. Il est tout rouge et c'est clair pour moi que lui aussi il y pense, aux affaires des filles dans les coffres des scooters, et à la gaffe qu'un de nous pourrait faire, on sait pas, avec l'ivresse, le joint... de les ouvrir. Finalement, moi qui croyais que je savais pas mentir, à côté de Rémi je m'en sors plutôt bien. Et le problème, c'est que Léna suit mon regard, et qu'elle peut pas ne pas s'en rendre compte, elle aussi.

— T'as l'air bizarre, qu'est-ce t'as? elle lui demande.

— Bah rien, pourquoi?

— Bah si, je sais pas, regarde t'es tout rouge.

— Il est amoureux, c'est pour ça, Lionel dit pour intervenir.

— Ah ouais? De qui?

— De toi, Lionel répond.

— Ah ouais?

Avec un sourire malicieux, Léna s'approche tout près de Rémi qui passe du rouge à l'écarlate. Elle se colle à lui, tire une nouvelle taffe et lui crache sensuellement la fumée au visage.

— Bah peut-être que Noé peut partager pour notre dernier soir, elle dit en me regardant.

Et tout le monde explose de rire.

— J'ai toujours dit que c'était une salope…

Léna ne répond pas à l'insulte de Lionel, elle se contente de le regarder longuement.

— Qu'est-ce tu veux? Lionel demande.

— Tu dois être fier de toi, non?

Lionel la regarde sans comprendre, mais bien attentif, fidèle à lui-même, toujours partant pour un conflit.

— T'as bien réussi à lui retourner le cerveau comme tu sais faire, elle dit en me désignant.

— Si moi je lui retourne le cerveau, toi tu lui fais quoi ?

Lionel a à peine fini sa phrase qu'il explose de rire comme un con et son rire il est tellement communicatif que peu importe la connerie qu'il a dite avant, tout le monde part en fou rire à chaque fois. Même Léna elle peut pas s'empêcher de sourire et moi aussi je rigole parce que ça me soulage de voir que l'attention elle est plus sur Rémi.

Y a Casquette verte et ses trois potes qui sortent du bar avec Juliette, qui fait semblant de pas nous avoir vus. Elle veut sûrement éviter une situation gênante avec Lionel. Et je vois bien dans le regard de Lionel et dans ses lèvres qui tremblent un peu, comment ça le démange de dire quelque chose.

— Bonne fin de soirée, Juliette ! il finit par crier en rigolant.

Elle l'ignore et se colle à son mec de la soirée. J'entends pas ce qu'elle lui dit mais sûrement de tracer et de pas calculer.

— Eh frérot ! Lionel crie. Fais gaffe quand même, elle mord un peu quand elle suce.

— Va te faire enculer, Lionel ! Juliette dit en levant le majeur en l'air, mais sans se retourner.

— Non merci, c'est pas trop mon truc, contrairement à toi…

Je savais qu'il allait en rajouter une couche, et je suis obligé de me marrer parce qu'il continue avec ses fous rires à la fin de chaque phrase et même si c'est débile, il a quand même de la repartie ce con.

Le pote de Casquette verte se retourne en disant à Lionel de parler mieux et ça aussi je savais que ça allait arriver et pour la suite, pareil, je commence à deviner. Je vois sur le visage de Lionel comment il est content d'être arrivé si facilement à ce qu'il cherchait. Il descend de son scooter et traverse la rue.

— Tu vas faire quoi, toi ?

Lionel approche et l'autre a la mauvaise idée d'entrer dans son jeu. Je vois bien qu'il en a pas très envie, mais que c'est son ego qui le pousse et je sais très bien que lui aussi il va y passer, et je pense déjà à Casquette verte et ses autres potes derrière, et eux aussi ils ont leur fierté. Suffit d'en avoir un minimum pour pas laisser un pote dans la merde. Lionel continue ses « tu vas faire quoi ? » en boucle et c'est pas une question pour avoir une réponse, mais plutôt une manière de dire ce que lui, il va faire. Il se fait pas prier, envoie une grosse droite comme j'aimerais jamais en prendre une de ma vie, et le mec je sais pas comment il fait pour tenir encore debout, mais on voit bien qu'il fera pas long feu. Mais comme je l'avais prévu, y a les autres qui rappliquent et surtout un d'eux qui est assez costaud et tout seul je pense que Lionel pourrait le gérer, mais y a aussi Casquette verte, et un quatrième mec. Alors pas le choix, j'y vais, et dans mon dos je sais que Théo aussi est là. Lionel est tombé à la renverse avec le grand après qu'ils ont pas réussi à vraiment se mettre des coups et y a Casquette verte qui arrive derrière pour aider son pote. Non, vraiment, pas le choix, Casquette verte ou pas, je frappe de toutes mes forces en visant le bas du visage. Il tombe à la renverse, et le quatrième arrive sur moi. Lui, je sais pas comment il se démerde, mais son poing me frôle à peine l'arrière de la tête, puis c'est Théo qui se charge de lui mettre un KO. Pendant ce temps, Lionel a pas eu trop de mal à s'occuper du grand et je crois qu'il l'a même bien amoché. Du coup, les quatre mecs s'en vont, et Juliette avec eux. Je regarde le visage en sang de Casquette verte. Je l'ai pas raté. On avait bien rigolé ensemble pourtant. Est-ce qu'on peut dire que je l'ai trahi ? Drôle de sentiment… Mais Lionel explose de rire et alors moi et Théo aussi parce que là tout de suite on peut rien faire d'autre. C'est tellement jouissif d'avoir gagné une bagarre. Avec l'adrénaline, je m'en étais pas rendu compte, mais ça fait déjà un moment que Léna et Camille nous gueulent dessus pour essayer de nous arrêter. Léna nous regarde comme si on était les dernières des merdes, et surtout moi. Elle me lance son sourire en coin qui dit tout l'inverse d'un sourire et me fixe comme ça le temps qu'il faut pour effacer complètement celui sur mon visage.

— Ça rouille sec ici…

Lionel la regarde et je vois bien qu'il aimerait dire quelque chose, mais même lui il a rien à répondre à ça… Alors il la laisse partir avec Camille vers la plage et puis il se tourne vers moi et, en imitant la voix de Léna :

— Ça rouille sec ici.

Et puis il explose de rire comme il sait faire et maintenant que j'y pense, ce rire-là, c'est vrai qu'il a l'air un peu rouillé. Et nos rires à Théo, Rémi et moi, comme ses échos, c'est pas mieux.

On rallume le joint et pendant cinq minutes on se refait le film de ce qui s'est passé en à peine dix secondes. Lionel profite que les filles sont parties pour sortir l'enceinte de Camille et mettre du son.

— T'es sérieux ? on lui dit en chœur avec Théo.

Et Lionel il veut rien entendre.

— Tranquille, elles reviendront pas, il dit, et même si elles reviennent elles vont faire quoi, elles ?

Après tout ce qu'il vient de se passer, j'ai plus la force de me prendre la tête avec Lionel ou d'en avoir à foutre de quoi que ce soit. J'ai chaud, je m'allonge sur le dos à même le bitume pour me rafraîchir. Les premières notes de piano de l'instru de *Pitbull* de Booba sortent de l'enceinte. C'est un sample de je sais plus quel chanteur français à l'ancienne. Renaud je crois. Ça me plaît bien là, les yeux tournés vers le ciel, même si la lumière des lampadaires m'empêche de bien voir les étoiles. Lionel chante les paroles et je vois dans ses yeux à quel point il est sincère. Et moi aussi je connais les paroles par cœur, mais j'ose pas chanter. Contrairement à lui, ça n'a aucun sens quand ça sort de ma bouche. Cette chanson, j'ai beau la trouver belle, elle me fera jamais le même effet qu'à Lionel. Pour lui, elle justifie toute sa haine et ce qu'elle le pousse à faire. Lui, c'est dans son cœur que ça résonne : *Comment ne pas être un pitbull quand la vie est une chienne ?*

Moi ça résonne pas vraiment dans mon cœur. Dans mon cerveau, à la limite. Ça me fait sourire et même un peu réfléchir, mais chez moi, ça justifie aucune violence, aucun cambriolage, rien du tout, au contraire, ça me dit « pourquoi toi aussi t'essayes de faire le pitbull, alors que ta vie est tout sauf une chienne ? ». C'est vrai, est-ce que c'est pas moi qui fait le plus de mal, au fond, à le faire sans en avoir la nécessité, à le laisser entrer dans ma vie où il a pas sa place ? Ces conneries que je raterais pour rien au monde et qui pourraient tout aussi bien se terminer en drames. Parce qu'on est toujours fier d'être celui qui fait les conneries. À part celles qui finissent mal. Même si, sur ça, on n'a aucun contrôle. Comme si notre fierté, c'était pas à nous qu'elle appartenait, mais à la bonne ou à la mauvaise fortune.

Y a une Clio bleue qui se gare devant nous et je reconnais vaguement le conducteur, c'est le gars qui livre les légumes au restaurant de mon père. Lionel nous passe le joint et monte dans la voiture avec Rémi pendant que son pote nous fixe bizarrement.

— Ça va les gars, tranquille ? il nous demande sans attendre de réponse.

Alors on répond pas, ou juste par un petit signe de tête, avant de regarder la voiture qui s'éloigne, et les problèmes avec.

Je regarde Théo qui marche à côté de moi sur le chemin en lattes de bois qui mène à la plage. Je me demande, parfois, ce qu'il a à l'intérieur. S'il se donne autant de mal que moi pour mettre ses doutes de côté, ou même s'il en a vraiment, des doutes.

— On a de la chance que c'étaient pas des oufs, en vrai, je lui dis.

— Ouais…

Il a pas l'air d'en avoir grand-chose à foutre. Mais moi j'en ai trop parlé avec moi-même, il faut que ça sorte.

— Tu trouves pas que c'est un peu abusé, quand même ?

— Quoi ?

Il me regarde avec son air défoncé. Je me rends compte qu'il a vraiment pas compris le sens de ma question et puis je me dis qu'en même temps il faudrait être dans ma tête pour y comprendre quoi que ce soit. Alors j'essaye de clarifier.

— Bah ils ont rien demandé, les mecs, je dis.

— Ils avaient qu'à pas répondre.

— On n'avait qu'à pas chercher la merde.

— Comment ça « on » ? Théo répond. T'as qu'à dire ça à Lionel.

— Mais nous on choisit de le suivre.

— On a un pote qui se tape, bah on y va, c'est comme ça, il aurait fait pareil.

— Il aurait fait pareil oui, sauf que nous on se tape jamais, je dis. On cherche jamais la merde, nous. C'est lui qui cherche la merde.

— Ouais, c'est ce que je dis, c'est lui qui cherche la merde. C'est Lionel, quoi…

C'est un peu un dialogue de sourds. N'empêche que ça me confirme un peu que Théo, il se prend pas la tête à chercher le pourquoi du comment, ni le cœur du problème. Pour lui y en a même pas, de problème. Il me regarde, et je vois bien sur sa gueule qu'il voit bien sur la mienne que je me prends la tête.

— On fait de la merde, c'est normal, on est jeunes. Et Lionel, il fait ce qu'il veut de sa vie, s'il veut finir comme son père, c'est son choix. On y peut rien, c'est pas nos histoires.

Fin de la discussion. Conclusion, Lionel finira comme son père, et nous on finira comme les nôtres, à nous dire que c'est pas notre problème.

C'est pas tous les soirs qu'on y est, dans le cercle, loin de là. Mais vu qu'on est là tout l'été, au final on est sûrement ceux qui y passent le plus de temps. Les autres arrivent par vagues. Ils restent plus ou moins longtemps, mais jamais assez à leur goût. Ils se croisent ou se ratent sans le savoir. Alors le cercle il change un peu de visage tous les soirs, mais concrètement, c'est presque toujours la même chose. Ça fume, ça boit, ça se marre, ça s'embrasse, et quand ça se met à l'écart, souvent, c'est pour aller se frotter un peu plus que ça. Y a toujours un mec qui joue de la guitare aussi, ou même plusieurs. C'est sympa jusqu'au moment où ils se mettent à chanter et où j'ai envie de leur mettre des baffes. Mais ça c'est surtout que moi aussi j'avais essayé de m'y mettre à la guitare et que j'ai vite abandonné. J'étais nul, et surtout incapable de chanter et jouer en même temps à cause de la coordination.

Ce soir y a une vingtaine de personnes. C'est sûrement la dernière fois de l'été qu'il y en aura autant. Léna est en face de moi de l'autre côté du cercle. Elle fait comme si j'existais pas et je commence à flipper qu'elle ait décidé de plus me calculer à cause de la bagarre et qu'on le fasse même pas une dernière fois, ou pire, qu'elle le fasse avec Thomas, qui est assis à côté d'elle et qui arrête pas de rigoler avec elle et surtout de la faire rire. Je lui envoie « viens on bouge » et je la vois qui regarde son téléphone et le remet dans sa poche direct sans me regarder. Ça me fout les nerfs mais je peux rien faire d'autre qu'essayer de l'ignorer. Ça m'oblige à faire semblant d'écouter ce qu'on me dit et de rigoler aux blagues. Heureusement à ce jeu-là j'ai de l'expérience.

Thomas et ses potes arrêtent pas de raconter des histoires de leur quartier en banlieue parisienne comme si ça craignait et tout. Je vois bien qu'ils en font des caisses pour passer pour des voyous, mais y a que leur manière de parler à la limite qui peut faire la blague et ça va pas avec leurs gueules et surtout faut pas nous prendre pour des cons, avec les maisons qu'ils se payent ici tous les étés, leurs parents, ça m'étonnerait qu'ils vivent dans des barres HLM l'hiver. Nous aussi on fait pareil, on grossit nos plus belles histoires et on fait comme si c'était la routine. Comme si c'était chaud alors qu'il y a rien de chaud ici à part l'air. En fait, on n'est pas si différents d'eux, on n'a juste pas le même territoire et y a que ça qui fait qu'on peut pas complètement s'entendre. Au fond de nous, y a la même certitude d'appartenir au meilleur groupe et le sentiment qu'en dehors, on n'est rien.

Jeudi dernier, je me suis retrouvé seul sans mes potes avec Léna et ses copines. J'ai fini la soirée à fumer un joint avec Thomas et on s'entendait plutôt bien. J'avais même fini par dire certaines choses que j'aurais pas osé dire à mes potes, genre que Léna, si elle habitait ici, je voudrais que ce soit ma meuf officielle. Et si ça se trouve Thomas aussi, il en parle pas à ses potes qu'il pleure encore en pensant à son ex comme il m'a dit, et ça m'avait fait du bien de me dire qu'en fait y a peut-être pas que moi qui passe ma vie à jouer des rôles et à faire croire aux autres que rien me touche et que ça me paraît normal de grandir.

Je fume une clope que j'ai grattée à un pote de Thomas qui m'appelle toujours par mon prénom alors que j'oublie toujours le sien. Il me propose de faire un caps et je dis oui parce que j'ai rien à boire. Je suis plutôt bon à ce jeu, mais l'autre aussi, du coup on boit pas mal tous les deux. Ça m'ennuie vite, mais je continue parce que ça m'aide à faire croire à Léna que je lui prête pas attention. Elle, elle rigole de plus en plus aux blagues de Thomas, et ça commence à me rendre fou, mais elle rigolera moins quand elle trouvera pas son iPod en rentrant chez elle, je me dis pour me calmer. Y en a un qui se met à faire du beatbox et Thomas bouge la tête. Il s'apprête à faire une impro de rap comme ils font à chaque fois et avec Théo on se regarde avec des grands yeux et on se retient de rire parce qu'on sait très bien qu'après on les imitera en se marrant parce qu'ils sont trop ridicules avec ça.

« On est posés sur la plage de Gigaro,
Ouais, ouais…
Y a des gars, y a des gos,
Comme tous les soirs on est ronds.
On est ronds, on est ronds,
On fait des ronds… Assis en rond.
On tourne en rond,
J'dirais même qu'on est fonfons,
On le sera jusqu'à l'aube
Ouais, ouais… »

J'ai de plus en plus de mal à contenir mon fou rire, je regarde Théo et c'est trop pour lui, il se laisse tomber en arrière dans le sable et heureusement que tout le monde est tourné vers Thomas parce que c'est clair qu'il est en train de se foutre de sa gueule.

« Ouais, ouais… »

Thomas réfléchit, il cherche l'inspiration. Tout le monde se marre et je me dis que moi aussi j'aimerais bien avoir les couilles de me mettre à rapper comme ça devant tout le monde. Surtout qu'il improvise et c'est vraiment pas ouf, mais il s'en fout et au moins il met l'ambiance et les gens ils ont pas l'air de se prendre la tête avec le fait que c'est nul à chier.

« Eh ouais j'ai perdu l'inspi, mais j'vais la retrouver,
On vient de toute la France, et on est mélangés,
On est toujours posés, entre fous on s'la met,
Ouais, ouais…
On boit toutes sortes de tises,
On fume toutes sortes de tiges,
À même pas dix-huit piges.
Y a les petites du seize,
Qui serrent les gars d'ici,
Si leurs Papas savaient,
Que leurs filles s'encanaillent
Avec le p'tit serveur
Du restaurant de la plage… »

Tout le monde est mort de rire, et même Léna, elle rigole. Puis elle se lève fièrement et me prend par la main comme pour montrer qu'elle assume ce que Thomas vient de rapper. Moi je me contente de la suivre sans rien dire et au fond j'ai juste envie de remercier Thomas de me rendre hommage, et dire comme je suis fier de la serrer, la petite du seize, comme il dit. En passant à côté de lui, je vois son grand sourire, et je me sens con d'avoir pensé qu'il essayait de me piquer Léna. Y a des gars comme Thomas, qui cherchent pas à être autre chose que sympas. Peut-être que moi aussi, je pourrais, si je gardais pas en tête ce truc qu'on m'a toujours répété, comme quoi tout ce que j'ai, c'est ma fierté.

On y voit presque clair avec la pleine lune. Léna arrête pas de me faire des grands sourires et de se mettre à rire quand je les lui rends. Je vois bien qu'elle a envie de moi. La bagarre, soit elle l'a oubliée, soit au fond elle s'en fout. À moins que ça lui ait un peu plu au final, de me voir frapper.

On marche cent mètres pour être vraiment tranquilles au bout de la plage vers l'entrée du sentier du littoral. Léna s'arrête et commence à se déshabiller. Je fais pareil. Je fais ça plus vite qu'elle, je cours vers la mer et je plonge. Quelques brasses sous l'eau. J'ouvre les yeux. C'est gris-bleu à cause de la lumière de la lune. Et tout est flou, même les bruits. C'est un moment qui m'appartient et c'est con à dire, mais c'est assez rare quand j'y pense. Juste moi et l'eau. Et tout ce qu'il me reste de l'air chaud du mois d'août, je l'expire par le nez et j'ai plus aucune raison de flotter. Je sais qu'en restant comme ça rien que deux minutes j'en mourrais, et ça changerait rien, ça ferait parler les gens un temps, pleurer quelques personnes et puis y en a eu des milliards avant et la Terre tourne toujours autour du Soleil. J'aime bien me dire qu'on n'est rien que ça, et heureusement… Déjà que je me prends pour le centre du monde, qu'est-ce que ce serait si je l'étais vraiment…

En sortant la tête de l'eau, je prends une grande bouffée d'air qui ramène toutes les pensées d'un coup, les remords, les doutes, l'iPod, Lionel, la bagarre… Mais ça, je me dis qu'on verra plus tard. Pour l'instant, j'ai l'eau jusqu'à la poitrine et y a Léna qui nage vers moi. Elle m'enlace et s'agrippe à moi. Je bande vraiment pour un oui ou pour un non. Avec Léna, n'en parlons pas. Même dans l'eau salée sa peau a l'odeur de quand elle a envie de moi. Sa façon de m'embrasser, elle ment pas. Elle se met à respirer comme si j'étais déjà en elle. Je glisse un doigt. À l'intérieur, elle est aussi trempée qu'à l'extérieur, mais en plus frais. On se lèche tout ce qu'on peut, la bouche et tout autour. Au bout d'un moment Léna ferme les yeux, plonge son visage dans ma nuque, et bouge un peu plus son bassin, genre « c'est en bas que ça se passe, maintenant ». Moi aussi je ferme les yeux, et les petites étoiles blanches derrière les paupières, elles font place à des formes et des paysages, des trucs indescriptibles tellement y en a, comme quand on sombre dans le sommeil. J'ouvre les yeux pour être sûr que je suis pas en train de m'endormir. Mais mon corps il est tout sauf endormi, « vas-y laisse toi aller », il me dit mon corps, « je m'occupe de tout ». Je referme les yeux et les images elles sont carrément nettes, un désert que je survole, le sable orange sous un ciel électrique, une pyramide qui se dessine à l'horizon, une deuxième, et des dizaines, des centaines derrière. Je vole entre elles en rasant leurs parois gigantesques.

— Tu les vois ? je dis.

— De quoi ?

— Les pyramides.

Ça m'a échappé.

— Bien sûr que je les vois.

— Ah ouais ?

Léna explose de rire et retrouve son sérieux aussitôt à cause des sensations qui la rattrapent. Elle me regarde dans les yeux avec ce sourire que j'ai du mal à comprendre. Moi d'un coup je peux pas m'empêcher de penser au cambriolage. Et j'entends presque ses pensées, elles disent un truc du genre « qu'est-ce qui t'arrive, je te sens plus dedans ». Je pourrais regarder ailleurs, fuir le jugement, comme à chaque fois. Mais demain ce sera trop tard pour la regarder dans les yeux, j'me dis. Et y a quelque chose dans ses yeux que je me rappelle pas avoir vu avant. Je saurais pas dire si c'est nouveau, comme une dernière tendresse parce qu'elle sait que c'est un des derniers moments qu'on passera ensemble, ou si ça a toujours été là mais que j'ai jamais osé le regarder vraiment. Quelque chose qui n'a l'air que pour moi, une disposition précise des traits de son visage qui n'existerait que par le sentiment que je lui procure. Une Léna que personne d'autre pourra jamais connaître. Réservée à ce Noé-là, que personne d'autre pourra connaître, réservé à elle.

— Merci, elle dit.

— Pourquoi ?

— Parce que je te l'ai jamais dit.

Je veux pas qu'elle parte. Retenir Léna, c'est comme si tout mon corps, d'un coup, ne répondait qu'à cette seule idée. Je sais qu'elle va partir, et je pourrais lui dire à mon corps, de la laisser tranquille, à mes bras, ma poitrine, de pas la serrer si fort, et à mes reins qu'aller plus loin en elle, ce serait lui passer à travers. Il écoute plus que lui-même, mon corps. Et je me sens grossir encore plus que d'habitude, comme pour presser contre les parois et rester à l'intérieur, qu'on puisse jamais me faire sortir.

— Viens.

Léna me suit jusqu'au bord et s'allonge sur le dos là où la plage tombe dans la mer, cette petite marche de sable où la houle se brise. Mes mains dans le sable de part et d'autre de Léna, et mes bras qui l'enferment. Au-dessus d'elle, mon regard plongé dans le sien, comme pour lui dire « tu bouges plus », l'enfoncer dans le sable, et m'y enfoncer avec elle. Mes pensées m'échappent, apparaissent et disparaissent. Si j'essayais de parler je sais que ça n'aurait aucun sens. Les respirations de Léna comme un écho lointain qui se rapproche. J'ouvre les yeux, le reflet de la lune dans les siens, son visage qui brille, sa bouche qui s'ouvre et se ferme au rythme de mes reins, Léna dans la lune, comme si c'était là-bas qu'elle était vraiment maintenant, et pas du tout ici avec moi. Son corps à elle aussi, en pilote automatique, la drôle de tête que ça lui fait, et moi aussi, la drôle de tête que je dois tirer à force de plus rien contrôler, de taper le sol avec mes hanches comme un acharné, et l'eau qui gicle partout, mais pas la force d'en avoir à foutre de quoi que ce soit. Plus de place pour le doute, plus de remords, de faire semblant, de cambriolage, plus de mec à Paris et d'amour de vacances, de « c'était moi mais ça aurait pu être quelqu'un d'autre », plus de fierté, plus de Lionel et ses « potes avant les putes », « un trou c'est un trou et la bite n'a pas d'œil », plus de bon ou de mauvais coup, « ton plaisir avant le mien », de point G et de stimulation prolongée, plus de rouille. Plus que deux bêtes imbriquées qui ne font qu'une. La bouche de Léna reste ouverte et se ferme plus du tout. L'impression de lui faire peur ou mal, ou les deux à la fois, décharge dans mon bassin, directement de moi en elle, et Léna vacille comme une folle, fait tout pour se libérer de moi. Je la laisse pas partir comme elle avait dit qu'elle aimait : rester en elle et la serrer contre moi sans bouger. Son corps se tend. On m'avait déjà parlé d'orgasmes simultanés. Léna fond en larmes et son corps se détend. Y a la musique du cercle, là-bas, les vagues qui tapent l'arrière de mes fesses. J'ai réussi, je me dis. C'est bon de penser à rien…

La voix dans ma tête se tait.

Léna pleure plus. Elle me regarde avec les pupilles super dilatées, et y a quelque chose de sérieux dans ce regard, comme si elle cherchait à m'apprendre par cœur. Et je sais pas grand-chose de l'amour, mais dans les films ça ressemble à ça. Comme si Léna venait de voir quelque chose en moi qu'elle savait pas voir avant. C'est peut-être l'orgasme qui a débloqué ça. Je sens un truc envahir tout mon corps, et ça m'échappe.

— Je t'aime.

Ça sonne bien, comme dans un film. Je me savais pas capable de dire une chose pareille avec autant d'aplomb. Un sourire, c'est la seule réponse de Léna. Un sourire que je comprends pas, pour changer. Et j'ai un sentiment comme si elle était satisfaite de me l'avoir fait dire. Comme si tout avait été bien calculé, ses yeux doux, ses gémissements, les mouvements de son corps en réponse aux miens, etc. Tout pour me faire croire que c'est moi qui la mène la danse, me faire baisser ma garde et lâcher tout ce qu'il y a à l'intérieur. Tout pour ce « je t'aime » ridicule et me faire croire que je pourrais en attendre une réponse. Comment elle pourrait aimer quelqu'un qui passe sa vie à rouiller comme une ancre au fond de l'eau ? Je suis jamais qu'un mec qui essaye d'en être un autre, et même plein d'autres à la fois. Qui fait tellement tout pour se fondre dans le décor qu'on le distinguera bientôt plus des rochers et des pins parasols.

— Ça va ? Léna demande en voyant sûrement mes pensées qui débordent.

— Oui, pourquoi ?

— Je sais pas, ça a pas l'air…

Léna a froid. Elle se lève, court jusqu'aux affaires, et prend mon tee-shirt pour s'en servir de serviette. Dans le cercle, là-bas, ça gueule fort et ça applaudit. Sûrement un gros cul-sec, ou une meuf qui a chopé un mec.

— Ça va me manquer, Léna dit en regardant là-bas.

Puis elle se tourne vers moi et me sourit en voyant que je la regarde.

— J'ai pas envie que ça s'arrête, elle dit.

— T'as qu'à rester, je réponds.

C'est une blague, mais c'est sérieux, et elle le sait. Plus rien à foutre qu'elle le sache que je suis sérieux. Je lui ai dit « je t'aime », je peux pas m'enfoncer plus bas.

— J'espère au moins que j'étais un peu plus qu'une fille de passage, elle dit en souriant.

Soit l'orgasme ça rend les femmes sourdes quelques minutes, soit Léna se fout ouvertement de ma gueule. Alors je fais exprès de pas répondre et elle me frappe en riant. Je fais semblant d'avoir mal et je me marre moi aussi. Pourtant, si on se marre, j'ai l'impression que c'est un peu de moi, de mon « je t'aime » sans réponse. Et ça me fait du bien je crois, qu'on rigole de moi, la complicité que ça crée entre nous, et même ma honte. Rien de si grave, pour une fois, de passer pour un con, d'aimer Léna plus qu'elle m'aime. Je sais faire jouir les filles et les regarder dans les yeux, et rien que d'y penser, je m'aime un peu en me regardant à travers ceux de Léna.

On est à une vingtaine de mètres du cercle. Elle s'arrête d'un coup.

— Qu'est-ce t'as ? je lui demande.

— Rien, viens, tu me ramènes.

Je la suis sans chercher à comprendre.

— Tu voulais pas leur dire au revoir, au moins ? je demande à Léna en la suivant sur le chemin en lattes de bois.

— J'aime pas dire au revoir, elle dit. Ils sont tous bourrés de toute façon. Ils s'en souviendront même pas.

Je peux comprendre, moi non plus j'aime pas dire au revoir. Mais venant de Léna, ça m'étonne un peu.

— Et puis c'est déjà assez triste de te dire au revoir à toi, elle dit.

Je rigole pour rester sur la lancée de tout à l'heure. Si elle veut continuer à rire des sentiments, on peut en rire maintenant, je suis plus à ça près. Mais Léna elle a pas l'air de rigoler en fait. Et puis, on se rapproche de plus en plus de la rue, et de la lumière des lampadaires, alors je peux pas me tromper : son visage, il rigole carrément pas, et elle se tourne vers moi comme si elle voulait que je le comprenne, qu'elle est sérieuse. Je peux pas tenir le regard cette fois, parce que c'est trop, entre mon « je t'aime » sans réponse et Léna qui se met à avoir des émotions que je comprends pas, je sais plus sur quel pied danser.

— Ça va aller… je dis.

— De quoi ?

— Bah ça va aller, quoi.

— Qu'est-ce qui va aller, Noé ? Explique.

— Bah, tu vas t'en remettre.

Elle me fixe et je vois bien que je suis allé trop loin pour pas aller au bout de ma pensée. Et c'est exactement le genre de truc qui me fait peur quand il s'agit de dire ce qu'on pense : quand on commence, on n'a pas le droit de s'arrêter.

— Tu vas retrouver ton mec, et puis… Voilà.

Il va bientôt commencer à faire jour. Dans la montée du domaine de la Vallée, la route est presque violette, à cause du ciel qui se reflète sur le goudron. La tête contre ma nuque, Léna tremble de froid, on croirait qu'elle pleure. La pente est de plus en plus raide. La mule qui me sert de scooter ralentit et finit par s'arrêter au même endroit que d'habitude, juste devant la maison de mes grands-parents et heureusement que la haie de cyprès est assez épaisse parce qu'à cette heure-ci il y a des chances pour que ma grand-mère soit déjà levée. J'ai pas du tout envie de la croiser dans cet état. Je pose un pied au sol. Léna bouge pas, je crois qu'elle s'est endormie.

Je me retourne pour la réveiller.

— On est arrivés ? elle demande.

— Eh non…

Elle comprend qu'elle doit descendre du scooter pour me permettre de redémarrer. Alors je l'attends cinquante mètres plus haut, là où la pente est un peu moins raide.

— J'ai pas envie de monter, viens on redescend, elle dit en rigolant.

Ça me frappe à chaque fois, le silence de l'aube, comme si j'oubliais que ce moment de la journée existe tous les jours de la vie. Le chant d'un oiseau attire mon attention dans les feuillages au-dessus. Je le vois pas. Ma grand-mère elle saurait dire ce que c'est. Elle nous fait le coup tout le temps, un merle par-ci, un rossignol par-là, rien qu'au chant, et elle pourrait nous dire ce qu'elle veut, y aurait personne pour vérifier. Je divague, je pense à ma grand-mère qui doit être en train de boire son Ricoré en se faisant du souci pour mon grand-père malade, en se demandant quand on passera lui rendre visite, et son sourire quand elle me voit arriver à l'improviste, ou quand je me ressers de l'épaule d'agneau pour la troisième fois. La simplicité de mes rapports avec elle. La complexité de mes rapports avec le reste du monde. Qu'est-ce qu'elle en penserait, si elle savait que son petit-fils cambriole les maisons des filles qu'il aime ? Léna me sort de mes pensées. On est à deux doigts de tomber sur place quand elle remonte sur le scooter.

— Oh, tu dors ou quoi ? elle dit.

À cette heure-ci on risque pas de croiser les parents de Léna, alors je la ramène jusque devant le portail. Ça me pince un peu dans la poitrine, en passant, de voir le trou dans le grillage. Je mets la béquille centrale pour pouvoir rester assis sur ma selle, parce que c'est le moment de se dire au revoir, et je sens que je vais pas savoir quoi faire de mon corps. Assis, j'aurai pas besoin de m'occuper de mes jambes et ce sera au moins ça de gagné.

Depuis qu'elle est descendue du scooter, Léna m'a pas quitté des yeux. Je sais pas trop ce qu'elle veut. Et je commence à être fatigué de me demander à quoi elle pense. J'ai le sentiment qu'on s'est déjà tout dit. Et même ce qu'on s'est pas dit, qu'on se l'est dit sans se le dire. Alors je me contenterais bien, moi, d'un petit bisou sec histoire d'en finir. Effacer certaines choses et l'aimer aussi peu qu'elle m'aime, et encore moins si c'est possible. Mais elle me regarde de très près, tout au fond des yeux, comme s'il en restait encore, des choses à se dire.

— T'as un cil, elle dit.

Je vais pour l'enlever, mais Léna m'arrête.

— Attends, tu dois faire un vœu avant.

Je réfléchis quelques secondes, mais j'ai beau essayer de le repousser, y en a un qui s'impose. J'aimerais qu'elle m'aime. C'est ridicule mais c'est tout ce qui me vient.

— C'est bon ? elle demande.

J'acquiesce. Léna lâche mon bras. J'approche ma main de ma joue gauche, puis j'hésite, je pourrais regarder les yeux de Léna, ça me donnerait un indice, mais ça serait tricher, et ça marche pas, je crois, si on triche. Je choisis finalement ma joue droite.

— Raté, elle dit en passant ses doigts sous mon œil gauche. Dommage. C'était peut-être ta seule chance de m'épouser.

Je ris bêtement, cherche quelque chose à répondre à ça, mais y a rien qui vient. Je préfère me taire que dire une connerie, alors je regarde ailleurs, pour changer. J'ai vraiment pas de repartie. Léna prend mon visage pour que j'arrête de fuir avec mes yeux. Elle voit bien comment je suis déstabilisé, comment je commence à être distant, comment dans ma tête, je suis déjà un peu en train de démarrer mon scooter. Elle regarde mes yeux et me force à regarder les siens, comme si je devais y voir quelque chose.

— Qu'est-ce qui y a ? je demande.

— Rien. J'en profite.

— De quoi ?

— De pouvoir regarder ton visage encore un peu.

— T'as peur de l'oublier ou quoi ?

Je continue les blagues, mais c'est même plus pour être complice, plutôt pour piquer, pour montrer que si elle voulait des sentiments, elle a raté le coche.

— Bah ouais, un peu. Pas toi ?

Bah non, idiote j'aimerais lui dire, j'ai pas peur de t'oublier, moi, c'est le contraire qui me fait flipper. Que tu sois tellement dans ma tête que rien puisse plus y entrer. C'est elle qui me retient, mais au final, c'est moi qui me vexe. Elle est beaucoup trop forte à ce jeu-là. Elle cherche quoi à la fin, bordel. Ça lui a pas suffi que je lui dise que je l'aime, « c'était assez humiliant, tu crois pas ? », j'ai envie de lui dire. Et son silence après ça, ah putain, j'ai un frisson. C'est pas le froid, c'est l'envie de hurler, et de l'insulter, de dire « je suis pas un jouet ! ». Je m'imagine le crier, et je me trouve ridicule d'avance, comme les acteurs dans les films policiers de l'après-midi. Léna m'embrasse. De son côté c'est intense comme dans les films d'amour du soir. Elle est forte quand même, c'est comme si elle cherchait à me faire remettre en question tout ce que je viens de me dire. Comme si elle avait lu dans mes pensées et qu'elle préférait me rendre triste qu'en colère, laisser planer un doute sur son amour, plutôt que la certitude de son indifférence. Parce que ma tristesse, c'est une manière pour elle de rester là quand elle sera partie, le plus longtemps possible, et peut-être même jusqu'à l'année prochaine.

Léna se retourne vers la vue, pour faire face au jour qui se lève sur la baie de Gigaro. De là où je suis, c'est comme si elle dominait le paysage. Elle se met à pleurer, je le vois aux tremblements de son corps. Je sais qu'elle est triste de partir, mais je pensais pas à ce point. OK, « c'est comme un rêve ici », elle dit tout le temps, « c'est le paradis ». Mais elle sait très bien ce qu'il en reste du paradis, quand elle part. C'est même elle qui le dit, que ça rouille. Elle le sait très bien qu'après, tout me rappelle son absence et que partout où je regarde, c'est comme le reflet de ce que je suis, comme le fantôme du paradis des autres, qui attend qu'ils reviennent l'habiter. Alors pour Léna, c'est peut-être la fin d'un rêve, mais pour moi c'est le début d'un cauchemar. Je me dis cette phrase parce qu'elle sonne bien, et je la trouve immédiatement complètement ridicule aussi. Lionel, à la limite, on peut dire que sa vie, parfois, c'est un cauchemar. Moi, je peux pas faire genre. On me le répète trop pour que je l'oublie, que j'ai tout pour être le plus heureux des hommes, et je le serais peut-être si je passais juste un petit coup de balai dans ma cervelle.

— Pourquoi tu pleures ? je lui demande.

Fallait que je dise quelque chose, parce que si Léna continue de pleurer comme ça, moi aussi je sens que ça va finir par monter.

— Parce que tu vas me manquer, elle dit.

Ça commence à m'énerver les belles paroles et les faux sentiments.

— Arrête un peu.

— Tu me crois pas ?

— On pleure pas pour quelqu'un qu'on n'aime pas, je dis.

— Qu'est-ce qui te dit que je t'aime pas ?

D'un coup, je me sens con d'être aussi tranché. Peut-être que son sourire de tout à l'heure c'était sa manière de dire « moi aussi ». Je suis peut-être juste pas assez mature pour le comprendre, que tout ne se dit pas avec des mots. Ou peut-être que j'ai pas envie de le comprendre, et que « je t'aime », c'est pas elle qui refuse de le dire, mais plutôt moi qui l'en empêche. Elle m'a quand même demandé déjà plusieurs fois ce que je comptais faire plus tard et comme quoi ce serait une bonne idée pour moi de penser à bouger d'ici. Si elle s'y intéresse autant, c'est sûrement que ça a un minimum d'importance pour elle, mon avenir, ou carrément pour voir si on peut en avoir un en commun en dehors d'ici et des vacances. Peut-être qu'au fond je fais fausse route depuis le début et que flirter avec d'autres gars devant moi, me parler de son mec, de ses meilleures baises, me taquiner sur le fait que je suis inculte et même carrément ignorant, c'est une manière pour elle de se défendre contre l'amour qu'elle commence à ressentir pour moi. Léna me quitte pas des yeux. Y a un truc dans son regard comme si elle savait tous mes secrets. Je sais que c'est pas possible et pourtant. Je me sens tout nu. Si je reste là une minute de plus à la laisser me persuader qu'elle m'aime, je sais très bien ce qu'il va se passer. Je vais ouvrir mon coffre, lui rendre son iPod, lui dire toute la vérité. Puis je devrai aller chez les flics pour témoigner et rendre le reste de ce qu'on a volé. J'imagine la tête de Lionel en voyant ma gueule au commissariat, obligé de défendre sa parole contre la mienne à cause de la Rolex qu'ils auront retrouvée chez lui. Et puis la honte de mon père devant les parents de Léna qui font partie de ses meilleurs clients. Le traître que je deviendrai aux yeux de mes potes et de tout le lycée, dont l'histoire aura fait trois fois le tour avant même le premier jour de la rentrée. J'enlève la béquille et démarre le scooter sans laisser le temps à Léna de réagir. Mes pneus dérapent sur les graviers comme si eux non plus s'y attendaient pas, et ce serait un drôle de moment pour se ramasser la gueule, je me dis. Je m'accroche à cette idée quelques secondes parce que pour le reste c'est pas net. Dans le rétroviseur, je la vois qui me regarde sans bouger, comme si j'étais encore face à elle. Je me demande à quoi elle pense et je me rappelle que je saurai jamais. Dans quelques minutes elle constatera que quelqu'un est entré chez elle par effraction, elle me soupçonnera peut-être, mais je pense pas. Lionel, sûrement… Ce soir elle sera à Paris, dans les bras de son mec, et moi en train de rouiller sur la plage avec mes potes.

J'ai jamais roulé aussi vite dans cette descente. J'ouvre les yeux au maximum, pour que l'air frais frappe ma rétine, et que les larmes se forment. C'est un bon moment pour pleurer, il me semble. Je freine pas à l'entrée du virage. Je fais un gros écart à la sortie, et heureusement qu'il est six heures du matin, je me dis, parce que si une voiture arrive en face, je suis mort. Ce serait con de rater la dernière vague de touristes qui va arriver. Y a des Lyonnaises qui viennent d'habitude à cette période et l'été dernier y en a une, Constance, qui m'avait branlé sur la plage un soir. Peut-être que cette année elle voudra bien baiser, je pourrai la faire jouir maintenant que je sais faire. C'est bien ma tête qu'elles traversent, ces pensées, mais j'ai pas l'impression qu'elles m'appartiennent. D'ailleurs, elles sont parties aussi vite qu'elles sont arrivées et tout ce qu'elles me laissent c'est un sentiment désagréable. C'est ça qu'elle voulait, Léna ? Que toutes mes pensées me donnent plus que la sensation de rouiller ? J'aime bien cette ligne droite. Au bout, l'accès piéton par l'escalier qui descend, ça fait comme une fenêtre sur la mer au milieu des pins. De la fixer, ça me donne le vertige, d'imaginer foncer tout droit sans freiner et m'envoler, de savoir qu'en réalité je m'exploserais en mille morceaux dans l'escalier en béton, mort net sur le coup. Y a toujours une petite voix qui me dit « vas-y » quand je pense à me donner la mort. Ce geste-là, au moins, il serait rien qu'à moi, et le décor, personne m'y aurait poussé. Même pas Lionel. Ce serait moi tout seul, comme un grand. Et c'est plus facile, je me dis, de choisir sa manière de mourir, parce que sur la manière de vivre, y a toujours quelqu'un qui a son mot à dire. Et qu'est-ce que ça changerait, concrètement ? Cette vie, pas sûr de pouvoir en faire grand-chose de plus que ce que j'en ai fait jusqu'ici. Respirer, oui, au moins ça, inspirer de l'oxygène, expirer du dioxyde de carbone. Est-ce que ça suffit pour dire qu'on a vécu ? Reprendre le restaurant de mon père, faire quelques changements, pour rester moderne. Rencontrer une femme, peut-être une fille d'ici, que je me mettrai du jour au lendemain à trouver belle, ou bien une fille d'ailleurs, séduite par la qualité de vie, le « paradis » que je peux lui offrir, qui lâchera ses études, quittera tout pour moi et le regrettera vingt ans plus tard, comme ma mère a tout quitté pour mon père et le regrette aujourd'hui un peu, même si elle pourrait pas l'admettre parce que sans ça elle aurait pas eu d'enfant. Notre naissance, à Nathan et moi, qui justifie tous ses renoncements, et moi qui ose penser à foncer dans le décor pour un amour de vacances à sens unique. J'ai jamais autant fait pencher mon scooter dans un virage. Les pneus crissent. Je les sens qui dérapent sur les premiers graviers. J'ai complètement perdu le contrôle de mon corps et de mon scooter, et j'ai de la chance que ces deux-là avaient pas besoin de moi pour se mettre d'accord de se redresser à la sortie du virage. Je reprends mes esprits en longeant la haie de cyprès de ma grand-mère. Au bruit du scooter qui passe à toute vitesse, elle doit se dire que les gens roulent vraiment comme des malades. Un truc sort de la haie et s'écrase sur mon guidon. Je sursaute. Je sais pas comment je perds pas l'équilibre. Heureusement que je me le suis pas pris dans la gueule. Pendant une seconde il me passe par la tête que ma grand-mère m'a jeté un truc. Mais elle ferait jamais une chose pareille, même sans savoir que c'est moi. Et puis c'était pas un boum comme celui d'une pierre ou même d'une pomme de pin, c'était plus léger que ça, plus mou que la carrosserie. Je fais demi-tour, et le truc est par terre au milieu de la route. On dirait un oiseau. Je m'approche mais il bouge pas. Je m'arrête à côté de lui et je m'accroupis pour le voir de plus près. Il respire encore, je le vois aux petits battements qui agitent sa gorge rouge. Je caresse le crâne du rouge-gorge du bout du doigt et il ouvre un peu les yeux. Complètement dans les vapes. Son cœur bat super vite. Je sais pas si c'est normal pour un oiseau d'avoir le cœur qui bat autant ou s'il est en train de lutter pour sa survie. C'est peut-être qu'il a trop peur de moi, mais comme il a pas la force de bouger, y a que son cœur et sa tête qui s'emballent, sûr que je vais lui faire du mal. Qu'est-ce qu'il y peut, je viens quand même de lui mettre un sacré coup de guidon, et il peut pas savoir que c'est juste le fruit du hasard et que si on voit les choses de mon point de vue, c'est lui qui m'est rentré dedans plutôt que l'inverse. Maintenant il est sûr que je vais l'achever, et je le comprends, moi aussi j'ai peur de tout à m'en rendre malade, et de plus en plus malade jusqu'à ce que ça arrive pas et que ça me sorte de la tête comme par magie, alors je me sens con d'y avoir tellement cru. S'il survit, j'espère que c'est ce qu'il se dira, qu'il a été trop con de me croire capable de lui faire du mal, et peut-être que ça lui redonnera foi en l'humanité, qu'il passera le message, et qu'ensuite tous les autres oiseaux accepteront qu'on les approche, qu'on les caresse et qu'on les prenne dans nos mains. Ce serait beau, mais faut pas rêver… Et puis les animaux ils doivent se le dire entre eux à leur manière qu'on n'est pas des gentils et que la plupart d'entre eux quand on les nourrit, c'est pour finir par les bouffer.

Si ça se trouve, l'oiseau aussi, il vient de quitter une petite oiselle comme un voleur parce qu'il sait pas dire au revoir et qu'il s'entortille avec l'amour. Parti sans se retourner, tellement paumé qu'il a pas vu ni entendu le scooter arriver. Ou alors, il est venu piquer quelques miettes qui restaient du dîner de la veille sur la terrasse de ma grand-mère. Sa petite routine, tous les matins, bouffer quelques miettes, et repartir en sifflotant sans regarder à droite à gauche parce que d'habitude à cette heure-ci, y a personne qui passe. Et du jour au lendemain, une grosse claque qui prévient pas. S'il s'en remet, le rouge-gorge, plus jamais il sortira d'une haie de cyprès avec la même insouciance, plus jamais la même saveur, les miettes, toujours avec un arrière-goût de ce qui pourrait arriver, plus jamais si beau le monde, à la pensée des dizaines de dangers, de surprises qu'il lui réserve. En tout cas notre rencontre c'est une sacrée coïncidence. C'est pas souvent que j'en vois des rouges-gorges d'habitude. Je me dis que c'est peut-être un signe. Mais on m'a jamais appris à déchiffrer les signes et j'arrête pas de dire que je crois pas en Dieu, alors je sais pas pourquoi d'un coup je me mets à penser à des signes et à des forces supérieures, ou au karma, ou je sais pas quoi… Et puis mon karma, avec ce que j'ai fait hier, j'ose pas imaginer. Si j'arrive à soigner l'oiseau, ça rattrapera peut-être un peu. Je vais pas le laisser là toute façon, je me dis. Et je suspends mon casque par la sangle à la poignée gauche du guidon, ça lui fait une couchette pour le trajet. Je vais conduire tranquillement, garder un œil dessus jusque chez moi. S'il retombe, là, j'ai peur qu'il s'en remette pas.

Sur le boulevard de Gigaro, je contourne les dos-d'âne pour pas secouer le rouge-gorge. Y a deux personnes qui marchent sur le trottoir le long de la promenade. Plus j'approche, et moins j'ai de doute sur le fait que c'est Théo et Camille, exactement ce que je craignais. Théo, son scooter est au garage et je sais très bien qu'il va me demander de lui prêter le mien pour qu'il ramène Camille chez Léna. Je le vois bien, sur le coin droit de mon champ de vision, qui me fait des grands gestes pour que je m'arrête. Je quitte pas la route des yeux. C'est évident que je fais semblant de pas les voir, surtout qu'il gueule « Noé ! » hyper fort dans mes oreilles au moment où je passe. C'est sûr qu'il va me le reprocher, mais je pouvais pas m'arrêter, je dirai, j'avais un oiseau à sauver, et ça sera un bon prétexte. Après tout ça, pas la force de parler, et encore moins de rendre service. Qu'on arrête de me demander des choses sous prétexte que je dis jamais non.

Y a une Fiat 500 rouge garée sous le pin parasol devant la maison. Je connais pas cette voiture, sûrement celle de la nouvelle copine de mon père. Je l'ai croisé plusieurs fois avec cette Allemande, mais il me l'a jamais vraiment présentée, alors je sais pas trop où il en est. Au moins il voit quelqu'un. Il s'est relevé plus vite que ce que je pensais après ma mère, je me dis. Je m'étais jamais rendu compte à quel point il plaisait aux femmes, mon père. C'est Léna qui me l'a dit, qu'il était sexy et que sa mère et ses copines parlent de lui quand leurs maris ont le dos tourné. Elle m'a dit aussi que c'était un atout dont je devrais me servir, comme quoi les filles aussi elles regardent le père des mecs pour voir si elles peuvent miser sur l'avenir. Je récupère le casque délicatement pour pas brusquer l'oiseau. Il a les yeux bien ouverts, mais il est toujours immobile. Il me regarde un peu moins comme un bourreau j'ai l'impression, et ça me fait du bien de me dire qu'il me fait un peu plus confiance que tout à l'heure. Et si je le voulais vraiment, je pourrais même peut-être voir un léger réconfort sur son visage, comme sur le mien quand le dentiste me dit « t'inquiète, tu vas rien sentir » avec son air sympathique qui me rassure, qui me fait dire que quelqu'un qui gagne sa vie en arrachant des dents, c'est pas forcément une brute sadique. N'empêche, il bouge vraiment pas, j'espère qu'il est pas tétraplégique à cause de moi. Si c'est le cas, je fais le serment de le garder et de m'occuper de lui jusqu'à la fin. Ça me ferait vraiment plaisir, et c'est pas un engagement de dingue non plus, parce qu'un petit oiseau comme ça, déjà de base ça doit pas vivre très vieux, alors si en plus il s'engraisse à force de pas pouvoir voler ni marcher…

Dans la pénombre du salon, je suis rassuré de voir personne. Pas envie de croiser mon père, qu'il voie ma gueule de zombie et que je doive me justifier de rentrer aussi tard. Surtout que je suis censé être au resto dans deux heures. Mais je préfère qu'il me fasse la morale là-bas, où il a d'autres employés, d'autres bretelles à remonter, mille trucs à penser, qu'ici, où je suis la seule cible de son mépris et du jugement de son esprit sain dans un corps sain, anti-alcool, anti-fête, anti-excès, anti-mes-potes, anti-jeunesse…

Je pose le casque sur l'îlot central de la cuisine. L'oiseau regarde le jardin à travers la baie vitrée, on dirait qu'il veut s'envoler sans pouvoir. S'il en a l'envie, c'est déjà bon signe, je me dis. Mais faudrait pas non plus qu'il aille s'exploser contre la vitre… Dans le doute j'ouvre grand la baie vitrée.

En montant l'escalier, je me dis que ça me ferait chier que l'oiseau aille mieux aussi vite. J'aimerais au moins faire quelque chose pour lui, avoir l'impression de jouer un rôle dans sa guérison. J'entends la douche qui coule à travers la porte de la salle de bains. Faut que je me dépêche avant de croiser mon père ou l'Allemande.

Dans ma chambre, la télé est toujours allumée. Notre match de *FIFA* avec Théo, mis sur pause pour aller chez les filles. Je l'éteins et vide la boîte à chaussures où y a ma PSP.

Quand je reviens, l'oiseau est toujours dans le casque. Les yeux fermés, on dirait qu'il dort. À moins qu'il soit en train de perdre connaissance, ou carrément de mourir, merde. Je me mouille les mains dans l'évier et je l'arrose pour voir si l'eau fraîche ça le fait réagir et j'ai l'impression qu'il aime bien, en tout cas il ouvre les yeux et se secoue même un peu. Je me remets de l'eau dans le creux de la main, il plante le bec pour boire. Même s'il bouge toujours pas, il est déjà plus éveillé. J'aime bien me dire qu'il était en train de partir et que je l'ai sauvé avec l'eau, et je peux pas m'empêcher de penser que si Léna me voyait, elle trouverait ça hyper stylé. J'enlève mon tee-shirt et le plie dans le fond de la boîte. Ça fait un lit au rouge-gorge, et ça a l'air même confortable vu comment il secoue les fesses comme s'il cherchait à s'y enfoncer le plus possible. J'émiette une vieille croûte de la pizza d'hier soir pour voir si manger lui fait aussi du bien. Il picore un peu en me regardant l'air de dire « vous êtes bizarres, vous les humains ». C'est vrai, il faut savoir, d'abord je lui rentre dedans si fort qu'il se demande comment il en est pas mort, et maintenant je m'occupe de lui comme si ma vie en dépendait. Il peut pas se douter qu'on puisse être aussi contradictoires.

Je repasse devant la salle de bains avec l'oiseau dans la boîte. La douche s'est arrêtée de couler. Au moment où je ferme la porte de ma chambre derrière moi, j'entends s'ouvrir celle de la salle de bains, on se croirait dans un thriller, sauf que là l'enjeu est pas si ouf. Les bruits de pas dans le couloir vont jusqu'à la chambre de mon père. Je dépose la boîte à chaussures sur le rebord de la fenêtre à côté de mon lit. Le ciel rosé se reflète sur la mer là-bas, les premiers rayons vont pas tarder à arroser Cavalaire. Petite caresse sur la tête du rouge-gorge. Je me surprends même à lui faire un sourire, comme s'il y comprenait quelque chose aux expressions de mon visage. Je me dis que peut-être, ce serait une bonne idée de dormir un peu. Mais y a le Petit Robert qui prend la poussière sur l'étagère. Et cette histoire d'amour de vacances qui me revient.

VACANCE (n.f) :
– État de ce qui est vide, inoccupé, disponible.
– État de repos, d'inaction.

Je suis donc un amour vide. Un amour disponible, inoccupé, un amour de repos. Et c'est pas moi qu'elle a gardé à distance, Léna, mais plutôt tout ce qui en moi lui demande des efforts. Avec moi elle s'est reposée de l'amour. Elle s'est vidé la tête, et je peux pas lui en vouloir, une fois que c'est vide, on peut pas vider plus. Elle a pris ce dont elle avait besoin avant de retourner à Paris retrouver toutes les questions qu'elle aime se poser avec son copain, et pas avec moi. À se demander si oui ou non elle l'aime encore, à se dire que si la question se pose, c'est pas bon signe, et « quand y a des doutes y a pas de doute », mais en même temps « si je me bats autant pour sauver mon couple, c'est qu'il a de l'importance », et les soupçons : « est-ce qu'il m'aime que pour le sexe ou c'est plus que ça ? », toutes ces choses qu'elle dit à ses copines en parlant de lui quand je fais semblant de pas entendre…

C'est bien beau cette histoire d'amour de vacances pour se reposer, mais pour que le contrat soit respecté, il aurait fallu que ça nous vide la tête à tous les deux. Seulement Léna, c'est comme si sa tête s'était vidée dans la mienne. Et ça, c'est ma faute, à moi qui sais pas reconnaître la nature des sentiments, et pas reconnaître grand-chose. La direction du vent à la limite, c'est pas compliqué, suffit de se foutre le doigt dans la bouche et de savoir que les îles en face, c'est à peu près le sud. Alors si je devais en vouloir à quelqu'un, ce serait à moi, d'avoir rendu la tâche si facile à Léna de jouer avec moi. Elle, elle faisait que suivre la règle du jeu…

Nouveaux bruits de pas dans le couloir, puis dans l'escalier, puis en bas. La porte d'entrée de la maison, quelques pas sur les graviers, et la Fiat 500 de l'Allemande qui démarre. Un pet long et bruyant annonçant le réveil de mon père résonne à travers le mur de ma chambre. Même si je doute de ma capacité à trouver le sommeil, il me reste moins de deux heures pour me détendre un peu, l'écouter qui se lève, qui va bientôt allumer la radio en bas et commencer sa demi-heure de sport quotidienne, son hygiène de vie irréprochable, la clé de sa réussite.

Mon père s'est arrêté devant ma chambre. J'aurais dû fermer à clé. Il entre sans toquer et me trouve sur mon lit, dictionnaire ouvert sous mes yeux comateux. Mon père en short de sport, son air vif sur le seuil de ma chambre, torse nu, bien bronzé, bien réveillé, prêt à en découdre avec la vie comme chaque matin depuis cinquante ans. Son regard sur mon corps en manque de sommeil.

— T'as l'air fin, tiens… dit mon père en rigolant.

Je réponds rien, j'attends la suite, parce que je sais qu'il va pas s'arrêter là.

— Si tu cherches la définition d'alcoolique, t'as qu'à te regarder dans la glace.

Très drôle… Mais bon, peu importe si c'est drôle ou pas. Lui il se marre, et c'est pas vraiment pour rigoler, c'est sa manière à lui de faire mal sans se mettre en colère.

La colère, ça lui donnerait l'air de se soucier trop, ça montrerait trop de sentiments, trop d'amour. Il peut pas se le permettre, ça. S'il m'aimait trop, je me reposerais sur mes acquis, il se dit, je ferais encore moins d'efforts pour essayer de le rendre fier. N'empêche, si c'était pas si dur de le rendre fier, si ça avait pas l'air aussi inaccessible, j'essayerais peut-être davantage… Alors si son indifférence, c'est une stratégie pour que je donne le meilleur de moi-même, bah elle est merdique sa stratégie, parce que c'est tellement devenu une habitude, tellement impossible pour moi de le satisfaire, que ça commence à être comme un jeu, de faire comme si j'en avais rien à foutre, moi non plus. Ce serait trop dur d'assumer que j'essaye de lui plaire, vu comment les résultats sont catastrophiques.

Mon père retrouve un air hyper sérieux en regardant sa montre. Je suis plus son fils tout à coup, mais un simple employé de son restaurant. C'est pas beaucoup mieux mais je crois que je préfère, à la limite.

— Il te reste une heure et demie pour dormir un peu, il dit en fermant la porte de ma chambre, qu'il rouvre directement comme s'il avait oublié quelque chose.

Il me regarde en souriant comme s'il y avait quelque chose à rattraper.

— J'espère qu'elle était mignonne au moins…

C'est une perche qu'il me tend, il aimerait peut-être que ça crée de la complicité entre nous, parce qu'il sent qu'il a été un peu méchant, un peu dur, et le sujet des filles, c'est à la fois un bon sujet de bonhomme, et une façon de me dire ce qui pourrait me donner un peu plus de valeur à ses yeux, parce que pour lui le sexe, c'est la seule forme respectable de plaisir à prendre. D'ailleurs, s'il me voyait plus souvent avec des filles, je me dis, il trouverait peut-être qu'au moins mes excès me servent à quelque chose...

Moi ça me dérange un peu que mon père parle du physique de Léna, et que ce soit tout ce qui compte à ses yeux, qu'elle soit mignonne ou pas. Et puis Léna, c'est un sujet trop brûlant pour que je puisse en rire ou même en parler. Alors je dis rien et mon père hausse les sourcils avant de sortir, déçu qu'il n'y ait même pas une fille derrière tout ça. Une nuit blanche pour rien, juste traîner avec mes branleurs de potes et fumer des joints. Un bon à rien, son fils. Il a même pas capté la boîte à chaussures sur la fenêtre, et tant mieux, il aurait sûrement trouvé un truc à redire sur ma manière de m'occuper du rouge-gorge, pour compenser son envie de m'apprendre à m'occuper d'une femme.

Je me dis que mon père doit être un peu perdu avec moi. Il doit pas trop savoir comment me parler, à cause de l'impression qu'on vit dans des mondes parallèles. Comme si j'étais pas capable d'éprouver les choses qu'il a pu éprouver, comme si en réussissant sa vie, il avait fait des enfants sans problème, comme si tout allait forcément bien pour moi et que mes soucis, les questions que je me pose, c'étaient des faux problèmes, comme s'il avait pas le temps pour ces conneries-là. Il serait peut-être surpris de savoir qu'on peut ressentir la même chose à dix-sept ans qu'à cinquante. En tout cas, moi, j'avais peut-être quinze ans, mais j'étais là, le jour où il m'a appelé en pleine nuit au milieu de l'hiver, pour que je le rejoigne sur la plage, et qu'il s'est mis à chialer en disant qu'il comprenait pas ce qu'il avait fait pour mériter ça. J'ai pas rigolé, moi, même si je trouvais ça ridicule de pleurer comme un bébé devant son fils, parce qu'il fallait être con pour pas la voir venir, leur séparation, et pour pas voir non plus tout ce qu'il aurait pu faire depuis des années pour l'éviter… Je trouvais ça ridicule, mais je trouvais pas ça drôle du tout, et c'était même pas que mes parents se séparent qui me faisait de la peine – ça c'était plutôt la confirmation de ce que je pensais depuis longtemps –, c'était juste de le voir si triste.

J'enlève mon maillot et le jette sur le tas de vêtements qui recouvrent déjà mon bureau. Je m'allonge dans mon lit. J'allume l'iPod de Léna, mets les écouteurs, lance la dernière musique jouée. C'est celle de mon cousin. Je ferme les yeux et je l'imagine, Jérôme, dans sa chambre, en train de la composer, note après note, piste après piste, enlever et ajouter des bouts de mélodie, ajuster le rythme sur son logiciel incompréhensible. Cette musique sortie de sa tête, immortalisée sur un fichier mp3, porteuse de son charme, attirant Léna et probablement des tas d'autres filles encore plus belles dans son lit. Je m'efforce d'oublier que c'est lui, d'écouter cette musique pour ce qu'elle est. Il y a une tristesse qui me surprend, que j'avais pas remarquée jusqu'ici. À moins que ça soit mon état qui pose un voile de tristesse sur tout, ou cet iPod, comme s'il renfermait désormais une malédiction irréductible à son histoire. Il faut que je rende l'iPod à Léna. Ça me frappe d'un coup comme une évidence. Il suffirait de retourner devant chez elle, glisser simplement l'iPod dans la boîte aux lettres, et repartir incognito. Le problème c'est qu'ils sont censés partir ce matin, et si j'arrivais justement au moment où ils partent... Je me vois déjà me garer devant la maison, m'approcher de la boîte aux lettres, et le portail qui s'ouvre pile à ce moment-là, tomber nez à nez avec le SUV du père de Léna, grillé avec l'iPod dans les mains. Ou bien en arrivant, voir le SUV qui s'éloigne déjà après avoir passé le portail. Déposer l'iPod dans la boîte aux lettres n'a plus aucun intérêt si personne ne vient l'ouvrir avant l'année prochaine. Alors je m'imagine suivre le SUV qui disparaît et réapparaît devant moi à chaque virage. J'insiste, incapable d'accepter que chaque regard de Léna à travers le pare-brise est le dernier. Dans la ligne droite bordée de lauriers-roses sur la route du Tabarin, la distance augmente entre moi et le SUV. Je sais que je ne le rattraperai plus. Je le laisse partir, me vois déjà à travers le pare-brise arrière, rétrécir dans le décor et faire demi-tour pour retourner sur mes pas. Je peux pas m'empêcher de prendre la direction de la plage, garer mon scooter, marcher sur le chemin en lattes de bois, un pied devant l'autre. J'arrive sur le sable. À droite, là où il y a une heure encore, les autres étaient réunis en cercle, deux employés de mairie dans leurs tenues jaune fluo ramassent les packs de bières, bouteilles vides, et paquets de cigarettes avec leurs sacs-poubelle et leurs pinces télescopiques. L'un des deux me reconnaît. C'est Guillaume, « Magic Tong ». Il me salue de loin et je me contente d'un petit sourire forcé. Je regarde les déchets. J'ai fumé sur ces joints qui traînent dans le sable, j'ai bu certaines de ces bières. Pourtant, je me sens pas concerné. Je vois ça comme les déchets d'autres que moi, dernières traces laissées par eux avant de partir. Eux qui profitent du soleil, se réchauffent le cœur, se vident la tête, et s'en vont. Souvenir de Léna. Et mon esprit ressemble à cette parcelle de sable piétinée. Déjà, je tourne le dos aux déchets pour prendre la direction du sentier du littoral. J'ai conscience de rêver. Je sors du sentier pour rejoindre la crique où j'étais hier avec Léna. Assis sur le sable mouillé, je laisse l'écume aller et venir, me recouvrir les pieds, les fesses. À chaque ressac, mes talons, la plante de mes pieds s'enfoncent un peu plus dans le sable, millimètre par millimètre. Je me sens bien. Je m'allonge à plat ventre sur le sable, comme échoué après une tempête. Mon visage, mon torse, mes bras ouverts, c'est toute la surface de mon corps qui s'enfonce peu à peu. Combien de temps avant d'être complètement enseveli ? Disparaître, là, maintenant, sous le sable. Pour ne jamais réapparaître. À mesure que de nouvelles vagues caressent mon visage et forcent mes yeux à se fermer, ma bouche à retenir sa respiration, une crainte s'impose, que la nature m'enferme par sa douceur. Toujours un rayon de soleil pour réchauffer mon cœur, un bain de mer pour consoler la moindre peine, le chant des oiseaux au petit matin, berçant l'éveil, chassant les cauchemars de la nuit. Un avenir radieux et tout tracé le jour de la naissance. Le temps à venir déjà passé, chaque instant comme déjà vécu. Ma première et dernière vie sur case départ, sans surprise, sans danger, sans saveur. Rouillée. Le sable s'enfonce sous mon poids et m'avale tout entier. Je suis ailleurs déjà. Je fais ce que je peux pour crier. Rien ne sort de ma bouche, que le chant timide du rouge-gorge.

J'ouvre les yeux. La chambre est plongée dans un silence plus profond encore, une bulle où seuls résonnent les chants lointains des oiseaux, comme si je n'entendais, ou ne pouvais déchiffrer que ça. Oui, toutes les nuances de ce chaos sonore qui, pour la première fois, prend tout son sens. Le sens obscur et impitoyable de la nature. Le choc est déjà derrière moi. Je me redresse sans problème, plus léger que jamais, quelques mouvements de tête, quelques battements d'ailes, et je saute une première fois, en équilibre sur le rebord de la boîte à chaussures, une seconde fois pour en descendre. Quelques pas sur moi-même sur l'appui de la fenêtre, et je sursaute en te voyant t'agiter, garde un œil sur toi, à l'affût du moindre mouvement. Si tu ouvrais les yeux, en me voyant sur pattes, tu n'oserais pas bouger, de peur de m'effrayer. Mais tes yeux ne s'ouvrent pas, ils se contentent de trembler nerveusement derrière les paupières, comme si même dans les profondeurs du sommeil, tu ne pouvais t'empêcher de te retourner sur toi-même, de te regarder à travers moi, comme tu le fais à travers tout le monde, à la recherche du moindre signe de la place que tu occupes dans le cœur des autres. Exister pour eux comme ils existent pour toi, occuper leurs pensées autant qu'ils occupent les tiennes, savoir qu'ils pensent à toi avant de s'endormir, qu'ils vont parfois jusqu'à ajuster leur attitude, leur manière d'être, tout ça pour te plaire. Recherche acharnée, comme cette hypervigilance qui te pousse à observer chez les autres le moindre petit signe d'affection à ton égard. Mais ouvrir les yeux, c'est courir le risque de tout voir, et à force de chercher les signes de cet amour, tu finis toujours par te confronter à toutes les raisons d'en douter. Et comme le moindre doute a ce pouvoir de terrasser les évidences, les aspects de toi-même qui font qu'un peu d'amour t'a été cédé deviendront pour toi les seuls matériaux valables pour confectionner ce masque voué à renvoyer aux autres une image fidèle à celle qu'ils se font de toi. Comme si ces regards t'avaient fait naître et que ces quelques fragments de ta personne imprimés dans la tête des autres devaient décider de tout ce qu'il t'est permis de faire et de penser. Tu te lanceras alors bientôt à la poursuite d'un but que tu sauras insaisissable sans pour autant calmer tes ardeurs à le chercher partout et inlassablement. Comme pour jouir, jusqu'à ne plus pouvoir qu'en souffrir, de ce vertige d'être éternellement sur le point de l'atteindre. Illusion d'une finitude, que tu continueras de nommer le « sens de ta vie », refusant la vérité que seule une voix profondément enfouie à l'intérieur de toi serait capable d'affirmer, au détour d'un rêve où tu te verrais oiseau, cette idée que rien ne pourrait te définir aussi proprement que la liberté de devenir un autre. Cesser cet acharnement à te déchiffrer, qui ne te laisse que cette sensation que plus tu approches de toi-même, plus tu t'éloignes du monde qui t'entoure. Prendre de la hauteur, survoler cette vie quand elle devient trop étouffante. Respirer. Cesser de voir dans chaque seconde une nouvelle occasion de te dire « je rouille ». En même temps, comme un écho vient adoucir le bruit qu'il prolonge, cette voix à la fois nouvelle et familière, comme celle que tu entends depuis toujours à l'intérieur de toi, mais qui aurait un peu mué, un peu mûri, cette voix te dit que c'est peut-être ce brouhaha constant, qui a fait de toi un adolescent comme les autres.

Tourné vers dehors, je ne t'ai pas vu ouvrir les yeux. Je m'envole et tu sautes du lit pour mieux me voir planer au-dessus de la pinède et me diriger vers l'endroit où tu m'as percuté. Tu te demandes si j'y retourne, si quelque chose me retient là-bas, ou si je trace un autre chemin. Tu te dis qu'en étant ce petit oiseau, d'un simple battement d'ailes tu pourrais décoller, voler jusque chez Léna, te poser sur le rebord de sa fenêtre. La voir pleurer, l'entendre dire à ses amies qu'à ton contact, ses sentiments pour son copain se sont estompés. Peut-être verrais-tu alors qu'en Léna non plus, rien n'est figé ou définitif. Ni ses désirs, ni ses sentiments, ni même ses certitudes. Seules des milliers de questions dont elle accepte peut-être, à la différence de toi, une absence de réponse. Te rêver oiseau, pour te persuader de la tristesse de Léna à te quitter. Mettre une image sur cette pensée, l'imprimer au fond de toi comme une croyance, l'inscrire quelque part dans ton inconscient pour, au réveil, que tout ton corps irradie de cette sensation nouvelle de te sentir aimé.

Tu aimerais mettre du sens sur notre rencontre, mais je suis déjà loin, et les douze dernières heures t'apparaissent comme une histoire lue, le récit intime de quelqu'un d'autre que toi. Et tu constates une distance avec ce que tu viens de vivre. Comme le lecteur à la seconde où il referme le livre, alors même qu'il en a éprouvé d'intenses émotions, les sent déjà qui s'estompent, faisant place au plaisir de l'avoir achevé. Et par son existence même, ce plaisir d'avoir été tant ému devient la preuve qu'il ne l'a pas été tout à fait. Mais le lecteur a au moins ça pour lui qu'il lui suffit de rouvrir le livre pour retrouver ces mots qui donnent du sens à ses émotions. Les tiennes, tu crains de les perdre. Alors tu te raccroches à cette mélancolie de me voir disparaître derrière les arbres. Tu te dis que les oiseaux, une fois guéris, s'envolent pour mieux retomber, et que le temps ne peut rien que passer. Tu te laisses séduire par la fâcheuse évidence de cet « à quoi bon », comme la promesse d'une réponse à toutes les questions. Et pour maintenir intacte cette éclatante vérité, tu sens qu'il te faudra entretenir la tristesse qu'elle renferme, et accepter de vivre avec elle le temps qu'il faudra pour la comprendre.

Quelques années plus tard, n'y comprenant toujours rien, tu n'y vois plus qu'un souvenir creux, mielleux et toujours aussi vide de sens, honteux presque de l'avoir choyé précieusement au fond de toi, de lui avoir cédé assez d'espace pour te priver de ces illusions nécessaires qui font toute la saveur des premières années de l'âge adulte. Tu repenses à ce matin en te disant que s'il y avait quelque bonheur à voir de la vanité en tout, tu n'aurais pas fondu en larmes quand je me suis envolé.

Composition et mise en pages
Belle Page
Achevé d'imprimer en mai 2025
Sur Roto-Page par l'Imprimerie Floch à Mayenne
pour le compte des Éditions Calmann-Lévy
21, rue du Montparnasse 75006 Paris
commercial@calmann-levy.fr

CALMANN LEVY s'engage pour l'environnement en réduisant l'empreinte carbone de ses livres. Celle de cet exemplaire est de :
550 g éq. CO_2
Rendez-vous sur www.calmann-levy-durable.fr

PAPIER CERTIFIÉ

N° d'éditeur : 8640552/02
N° d'imprimeur : 106991
Dépôt légal : août 2025
Imprimé en France